Frédéric MACLER

MOSAÏQUE ORIENTALE

I. EPIGRAPHICA. — II. HISTORICA.

PARIS (6ᵉ)

LIBRAIRIE PAUL GEUTHNER

68, Rue Mazarine, 68

1907

Frédéric MACLER

MOSAÏQUE ORIENTALE

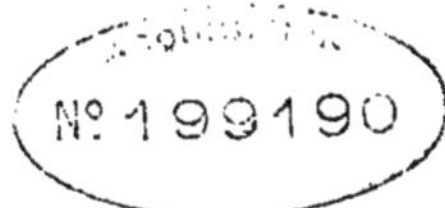

I. EPIGRAPHICA. — II. HISTORICA.

PARIS (6e)

LIBRAIRIE PAUL GEUTHNER

68, RUE MAZARINE, 68

1907

T'en souvient-il encore ? C'était il y a quelque vingt ans. Tu m'accompagnais à Paris, où je devais continuer mes études commencées sous ta direction. Ensemble nous visitions la capitale, et nous ne tardions pas à être conquis par le charme du musée du Louvre. Tout particulièrement, les antiquités orientales nous captivèrent. Et tu me dis quel avait été le rêve de ta jeunesse, d'aller en Orient et d'y séjourner. Et ce rêve n'avait pu se réaliser, il t'en souvient encore. Mais dès lors, je conçus le projet de plus en plus fermement arrêté de m'y rendre pour toi ; ainsi tu verrais par mes yeux, tu entendrais par mes oreilles, tu vivrais la vie que je vivrais là-bas et que je te peindrais dans mes lettres ...

Les années s'étaient ajoutées aux années, et ensemble, cette fois, nous voyagions ; nous remontions la vallée du Rhône, depuis son embouchure dans le Léman jusqu'à sa source. Nous faisions halte à Münster, où quelques écussons de vieilles familles valaisannes retenaient notre regard. Il te plaisait de les dessiner, me demandant si c'était bien ainsi qu'on travaillait dans le Ṣafâ ou dans le Ḥaurân, lorsqu'on se trouvait en face d'un monument antique. Et il te semblait presque que nous cheminions côte à côte sur les routes poudreuses de la Syrie ou parmi les rochers brunis du désert ... Mais les glaciers étaient trop près, et ne permettaient pas une longue illusion. Il t'en souvient sans doute encore ...

F. M.

Paris, ce 2 mai 1907.

NOTE

sur quelques écussons relevés à Münster dans le Haut-Valais.

Nous avions quitté Brigue par un soleil torride, ne nous doutant pas que dix jours après nous franchirions le col de la Fourca par un mètre de neige (1). Le vieux château des Stockalper commençait à disparaître dans la brume vaporeuse de ce coin des Alpes et rappelait la silhouette étrange d'une antique construction byzantine ... Et la route montait toujours, élargissant d'autant le panorama qui se déroulait à nos yeux ...

Sur le soir, nous arrivâmes à Münster et le lendemain, dès l'aube, nous explorions le village et ses environs.

Münster est un gros village à mi-chemin entre Brigue et la Fourca (2) ; il est exclusivement construit en bois, excepté l'hôtel où nous descendons, et une maison neuve non encore habitée. Ce n'est pas que la pierre y soit rare, mais le bois coûte moins cher et un chalet est plus rapidement bâti.

---

(1) En août 1904.

(2) C'est un centre d'excursions, dont la plus fréquente est l'ascension du Gries (2460 m.) dont la vue est superbe sur les Alpes Bernoises et suffisamment facile d'accès pour le pouvoir traverser à dos de mulet ou même de cheval.

Münster est le centre du district de Conches, le Goms des Allemands. Parmi les curiosités, on visite l'église dont la porte a été sculptée par le Dr Johann Georg Garin Ritz de Selkingen, qui y fut curé de 1743-1773.

Presque en face de l'église, une vieille chapelle consacrée à saint Pierre, datant de 1372, restaurée à plusieurs reprises, en particulier en 1860. Les murs sont très humides, ce qui porte préjudice aux vieilles peintures qui les ornent. Ce sont d'abord trois tableaux, deux à gauche, un à droite.

Le premier tableau à gauche en entrant représente la scène de la crucifixion. Au-dessous du Christ crucifié, un homme crucifié, la tête en bas (saint Pierre). Sur la branche gauche de la croix de saint Pierre, sainte Véronique et la scène du saint Suaire ; sur la droite de la même croix, à l'envers, le supplice d'un saint, probablement la décapitation de saint Paul. En bas, au premier plan, deux personnages : saint Pierre (?) priant, et saint Paul (?) sortant de prison ; les entraves des pieds et les chaînes gisent sur le seuil de la prison. A gauche, sur une élévation, un coq blanc chante. A l'arrière-plan, la ville de Jérusalem, avec beaucoup de clochetons pointus. Endommagé par l'humidité.

Le deuxième tableau, à gauche, représente la sainte Cène. Il est bien conservé et signé : P. D. R. G. G. B.

Le troisième tableau, à droite, porte comme signature l'écusson des Riedmatten ; il représente saint François prêchant aux poissons (dauphins ?).

Le plafond du chœur, en forme de crypte, donne le portrait des évêques de Sion, avec leurs noms et la date de leur épiscopat. Au centre du plafond, l'écusson de Adrien III de Riedmatten, daté de 1643.

En visitant le village, nous remarquons, au-dessus de la porte en bois d'un chalet, un écusson en pierre, fait assez rare dans cette région du Valais pour qu'il soit ici mentionné. Le chalet en question est à côté de la cure, située elle-même en, face de l'église. C'est l'écusson de Paul Imoberdorff, major du district de Conches en 1580.

L'écusson des Imoberdorff a été donné par d'Angre-

Fig. 1. — Ecusson de Paul Imoberdorff.

ville (1) et doit se lire : d'azur, à la fleur de lis d'argent, surmontée de deux besants du même.

---

(1) D'Angreville, *Armorial historique du canton du Valais*. Neuchatel (1868). Mes références se rapportent à l'exemplaire de la Bibliothèque

La famille Imoberdorff, qui donna quelques hommes célèbres dans les annales du Valais, est originaire de Münster, d'où son nom : du haut village. Elle a fourni plusieurs magistrats, trois ou quatre majors de Conches, et un ou deux gouverneurs de Monthey. Elle a également fourni quelques chanoines et curés ; par contre, on ne cite ni évêque ni grand bailli qui soit sorti de son sein. Récemment, un de ses membres, qui avait épousé une Italienne et qui était lieutenant-colonel, a pris sa retraite, et il vit retiré à Brigue.

L'écusson que nous reproduisons ici (fig. 1) est celui de Paul Imoberdorff, qui fut major de Conches en 1580 ; le major avait surtout des attributions militaires et commandait les troupes du dixain (1) ; ces attributions, il est vrai, ont varié avec le temps. C'est un écusson à l'allemande, ne différant pas essentiellement de celui figuré dans l'armorial de d'Angreville.

*
* *

Au bas du village, un autre écusson, également en pierre, dans un chalet en bois, attire notre attention. Il porte les lettres P. I. S. qu'il faut lire Peter Imsand.

L'armorial historique de d'Angreville (p. 9) donne l'écusson complet de la famille Im-Sand ou Imsand. Il se lit : Parti : au I : de gueules à la fleur de lis d'or, surmontée de trois étoiles bien ordonnées du même ; au II :

-----

nationale de cet ouvrage, sans texte, qui ne renferme que les planches, dressées par de Mandrot, sur la demande de feu d'Angreville. La lecture des écussons a été aimablement revue par mon ancien collègue, M. Cadet de Gassicourt.

(1) Dixain = district. Les dixains du Haut-Valais étaient au nombre de sept.

de sinople à trois coins d'argent ; enté en pointe d'argent
à la fleur de lis de gueule.

L'écusson en pierre des Imsand de Münster n'est pas
si complet ; il se lira (fig. 2) : de... à la fleur de lis de...

Fig. 2. — Ecusson de Peter Imsand.

soutenue d'une croix latine renversée de... accompagnée
des lettres P à dextre et I S à senestre.

Les Imsand, également de vieille souche valaisanne,
sont moins importants que les Imoberdorff ; un quart
du village de Münster, à ce que nous dit notre hotelier,
porte encore ce nom. Un J. Imsand était major de Conches
en 1758 ; un autre, Pierre, en 1780.

*
* *

En voyant l'intérêt que nous prenions à relever ces
vieux écussons, notre hotelier nous en signale un troisième, plus curieux, gravé sur un vieux poële en pierre

ollaire dans une des chambres de l'hôtel. C'est l'écusson combiné des Riedmatten et des Stockalper (fig. 3). D'après l'armorial historique de d'Angreville (p. 15), l'écusson de la famille de Riedmatten se lit : de gueules à la feuille de trèfle tigée de sinople, surmontée de deux étoiles d'or. Celui de la famille de Stockalper de la Tour (d'Angreville, p. 17), est à lire : d'azur à trois couronnes mal ordonnées d'or ; le champ chapé-ployé ; à dextre, d'or à l'aigle de sable, surmontée d'une couronne de baron français ; à senestre, de gueules à trois pics de rocher accostés d'argent, mouvants du bas, sommés chacun d'un chicot d'or.

L'écusson combiné de Münster doit rappeler un mariage entre deux membres de la famille de Stockalper et de

Fig. 3. — Ecusson combiné des von Riedmatten et von Stockalper.

Riedmatten ; le plus mémorable fut celui de Gaspard de Stockalper dit « le grand Stockalper », lequel construisit le château de Brigue, avec Cécile de Riedmatten, nièce et héritière de l'évêque Adrien III de Riedmatten. Gaspard mourut vers 1680 ; après sa mort, l'usage se conserva de représenter combinées les armes des deux familles, notamment sur une foule de meubles de tout genre.

L'écusson de Münster date de 1709. En 1678, Pierre de Riedmatten, banneret de Conches et Oberst unter der Morge (1), fit construire, au milieu du village, une grande maison, avec une salle pour les réunions publiques ; cette maison fut agrandie en 1709 et en 1731 par Adrien de Riedmatten, et est devenue l'hôtel actuel de Münster (2). C'est cet événement que semble devoir commémorer l'écusson combiné des deux principales familles du Valais, gravé en bosse sur le poële centenaire de l'hôtel *Croix d'or et Poste* à Münster dans le Haut-Valais.

Bibliographie.

— Hans Jacob Leu, *Allgemeines helvetisches eidgenössisches oder Schweitzerisches Lexicon... in alphabetischer Ordnung vorgestellt...* Zurich, 1759.

— Furrer, *Geschichte, Statistik und Urkundensammlung von Wallis.* Sitten, 1850-52, 3 vol.

— Gremaud, *Documents relatifs à l'histoire du Valais.* Lausanne, 1875. 7 vol.

— Gay, *Histoire du Valais.* Genève, 1888. 2 vol.

---

(1) Oberst unter der Morge = Colonellus infra Morgiam, c'est-à-dire colonnel des troupes ou milices du Bas-Valais, l'ancien Valais savoyard, qui fut conquis en 1476 lors des guerres de Bourgogne.

(2) Cf. F. G. Stebler, *Das Goms und die Gomser...* Zurich, 1903, p. 20.

— Wolf und Ceresole, *Wallis und Chamonix*. Zurich, 1888. 2 vol.

— Heusler, *Rechtsquellen des Kantons Wallis*. Basel, 1890.

— Heierli und OEchsli, *Urgeschichte des Wallis*. Zurich, 1896.

— F. G. Stebler, *Das Goms und die Gomser*...... Zurich, 1903.

— Quelques renseignements dus à M. Armand de Riedmatten, avocat à Sion, par l'aimable entremise de M. A. Bory d'Arnex.

UNE INSCRIPTION PUNIQUE

au Musée archéologique de Genève.

Le Musée Archéologique de Genève possède, entre autres antiquités orientales, une stèle à inscription punique, dont M. E. Montet a bien voulu m'envoyer un estampage et dont voici les dimensions : hauteur $0^m,22$; largeur $0^m,17$. Le texte se compose de quatre lignes ; il est surmonté d'un trait ondulé et d'une palmette accostée de deux acrotères. Dans le bas deux palmes s'inclinent l'une vers l'autre entre deux fleurs de lotus.

C'est un ex-voto à la déesse de Carthage, connue jusqu'à nouvel ordre sous le nom de Tanit (1). Ces ex-voto se comptent actuellement par milliers ; rédigés sur le même patron, aucun n'est assez explicite pour permettre d'établir à coup sûr les caractères essentiels de la déesse, objet du vœu. L'intérêt qu'ils présentent est de révéler l'onomastique punique à une époque antérieure à la conquête romaine et à la ruine de Carthage (146 avant J.-C.). A ce titre l'inscription de Genève vaut d'être publiée, puis-

---

(1) Il se pourrait faire que la vraie lecture soit donnée par une transcription grecque confirmée par le néo-punique (Taint = *tént*) ; cf. R. Dussaud, *Le dieu phénicien Echmoun*, in *Journal des Savants*, janvier 1907, p. 43.

qu'elle nous révèle au moins un nom nouveau et une forme nouvelle d'un nom déjà connu.

En voici le texte en transcription hébraïque et en traduction française :

1 לרבת לתנת פן בעל ול

2 אדן לבעלחמן אש נ־

3 דר חתמלכת בת מחז

4 בן עבדבסת

1. A la grande Tanit Penê-Baal et au
2. seigneur Baal-Hammon, ce qu'a
3. voué Hotmilcat, fille de Mahaz,
4. fils de Abdbast [Abdoubast].

L'inscription est complète ; le texte ne renferme pas la formule finale très fréquente dans les ex-voto de Carthage : *parce qu'il a entendu sa voix, il l'a béni* ; de plus, comme c'est souvent le cas dans ce genre d'inscriptions, le verbe reste au masculin, bien que le sujet soit au féminin ; c'est fréquent lorsque le verbe précède le sujet.

La personne qui fait le vœu est une femme, dont le nom est déjà connu par d'autres inscriptions de même provenance (1) et qui a été discuté par les savants éditeurs du *Corpus inscriptionum semiticarum* (2) ; la généalogie est à deux degrés, fait assez rare dans les inscriptions puniques, lorsque le dédicant est une femme (3).

Le père de Hotmilcat est nommé מחז. Ce nom propre, qui apparaît ici pour la première fois dans l'onomasti-

----

(1) Cf. Mark Lidzbarski, *Handbuch der Nordsemitischen Epigraphik...* Weimar, 1898, p. 282, *s. v.* חת־מלכת.

(2) C. I. S., I, 386.

(3) C. I. S., I, 624.

que punique, reste de forme incertaine. S'il est sémitique,
on peut songer à le dériver de plusieurs racines ; par
exemple, חזז, d'où Maḥazz, ou bien חוז, qui a le sens
d'enclore et donnerait Maḥouz.

Le nom du grand-père de Hotmilcat est orthographié
עבדבסת. C'est une graphie nouvelle du même nom, écrit
avec א, עבדאבסת (1) et correspondant au grec Ἀβδουβάσ-
τος (2).

---

(1) C. I. S., I, 86 B$_6$. C'est probablement ce nom qui a servi de prototype
à celui que l'on retrouve dans la fausse inscription phénicienne de Jérusalem. Cf. Lagrange, *Une inscription phénicienne*, in *Revue biblique....*
t. I, p. 275-281. — M. Lidzbarski, *Handbuch der Nordsemitischen Epigraphik...* p. 131. — Idem, *Ephemeris für semitische Epigraphik...*
I, p. 285-287. — *Répertoire d'épigraphie sémitique*, I, 367.

(2) Cf. Waddington, *Inscriptions grecques de Syrie*, N° 1866 c. Sur le
culte de la déesse-chatte égyptienne, Bast, cf. René Dussaud, *Histoire et
religion des Noṣairis...* p. 150.

L'INSCRIPTION SYRIAQUE

de Sainte Anne à Jérusalem.

Notre mission dans le Ṣafâ et dans la montagne des Druzes était achevée (1) et nous étions rentrés à Damas, point de départ et point de dislocation de notre caravane. Avant de faire voile pour la France, je me rendis à Jérusalem où j'avais à faire copier et à collationner quelques manuscrits orientaux (2). Comme je prenais congé des Pères Blancs, le R. P. L. Féderlin voulut bien me montrer une inscription syriaque qui était entrée au musée de Sainte Anne depuis quelques années. Le R. P. eut la gracieuseté d'ajouter que si je tenais à en prendre un estampage à l'effet de le publier, il en serait personnellement très heureux.

La publication de cette inscription aurait dû se faire dans le volume consacré à notre *Mission ;* mais dans la quantité des matériaux rapportés, l'estampage fut momentanément égaré, et il ne revint au jour que beaucoup trop

---

(1) René Dussaud et Frédéric Macler, *Mission dans les régions désertiques de la Syrie moyenne...* Paris, 1903.

(2) Cf. René Dussaud, *Rapport à M. le secrétaire perpétuel sur une mission dans le désert de Syrie...* p. 12 (Extrait des *Comptes rendus des séances de l'Académie des Inscriptions et Belles-Lettres*, 1902, p. 251).

tard pour figurer dans le recueil en question, et dans un état tel qu'il était pour ainsi dire inutilisable.

Les lignes qui suivent ont pour but de réparer cet oubli bien involontaire.

L'inscription syriaque, actuellement conservée au musée des Pères Blancs, à Sainte Anne de Jérusalem, fut achetée dans une maison de Tcherkesses à Djerach (1) et rapportée à Jérusalem par le R. P. Féderlin, en 1893. D'après ce savant, « la pierre paraît avoir servi d'obturateur à un

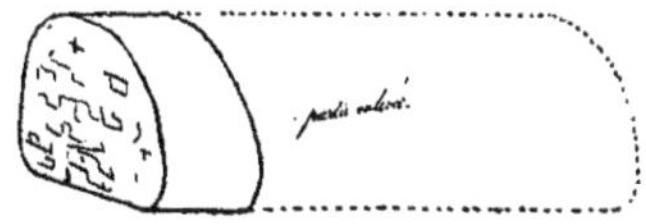

Fig. 4. — Schéma de la pierre qui portait l'inscription syriaque
de Jérusalem.

tombeau » ; lorsqu'il l'acquit à Djerach, « elle était plus longue et mesurait environ 0ᵐ,45 (fig. 4) ; elle fut réduite dans le sens de la longueur, pour pouvoir être transportée plus facilement ; l'inscription a été soigneusement respectée. La pierre a été éraflée vers le coin gauche » (2).

L'inscription est surmontée d'une croix, qui indique qu'il s'agit d'un monument chrétien (3). Le texte se compose de cinq lignes d'inégale longueur, dont voici la transcription en caractères hébraïques et un essai de traduction française. La teneur en syriaque sera donnée par la reproduction de la photographie qu'a bien voulu nous adresser le R. P. Féderlin (fig. 5).

---

(1) Gerasa de la Décapole.

(2) Lettre particulière, en date du 25 mars 1907.

(3) L'estampage a les dimensions suivantes : hauteur, 0ᵐ28 ; largeur, 0ᵐ33. Les lettres mesurent en moyenne 0ᵐ035 millimètres de hauteur.

2

— 18 —

קרא 1.		1. A appelé (convocavit)
אלהא 2.		2. Dieu
נ חילת 3.		3. Naḥîlat (?)
כפשה אקב 4.		4. Son tombeau, Aqabb (?)
ד עבד 5.		5. qui (?) a fait..

Ligne 1, la deuxième lettre, *riš*, et la troisième, *aleph*, sont certaines. La première pourrait être un *mim* ou un *qoph*. Si on lit avec *mim* initial, on aurait le vocable *moro* = Seigneur ; mais la formule *moran* = notre Seigneur, est plus courante (1). Il semble bien qu'il faille lire ici un *qoph* initial, ce qui donne le verbe קרא, appeler, convocavit.

L. 2, le nom de Dieu, ܐܠܗܐ, dont la lecture est certaine.

L. 3 ; on s'attend à rencontrer ici le nom du défunt (2) ; l'état de la photographie ne permet pas une lecture certaine, qu'on n'obtiendra que sur le monument lui-même. Au commencement de la ligne, peut-être un *noun* suivi d'un *youdh* ou d'un trait dû à un accident de la pierre ; puis du fruste où l'on croit apercevoir les éléments d'un *ḥeth* ; à la fin, un *lomadh* ou un *ʿaïn*, suivi d'un *tau* ; on

---

(1) Cf. Rubens Duval, *Inscriptions syriaques de Salamâs, en Perse...* in *Journal asiatique*, janvier 1885, p. 48, 49, 56.

(2) Dans une épitaphe, on ne pourrait admettre l'absence du nom du défunt que si cette épitaphe était une formule, une sentence religieuse. Toutefois, on pourrait se demander si nous n'avons pas ici une formule connue : ניחא לה = paix à lui, le repos soit à lui. Cette hypothèse, soumise à M. Rubens Duval, n'a pas paru inadmissible au savant professeur du Collège de France, qui ne voit rien d'impossible à ce qu'une stèle funéraire soit anonyme. Il faudrait alors entendre le verbe קרא dans le sens de *invocavit.*

FIG. 5. — Inscription syriaque de Sainte Anne à Jérusalem.

aurait alors le nom נחילת, Nouḥailat ou Nouḥîlat, mot arabe tout indiqué, étant donnée la provenance de la pierre. Nouḥailat signifie : petite abeille ; c'est un nom d'homme, malgré la terminaison féminine.

La ligne 4 commence par le mot *néféch*, avec le pronom suffixe masculin de la 3ᵉ personne. Ce mot, qui signifie primitivement âme, vie, souffle, a pris, en nabatéen et dans la plupart des autres langues sémitiques, le sens de « stèle » et « tombeau ». Le second mot de la ligne 4 se compose de trois lettres ; la première est un *aleph* ; la deuxième lettre pourrait être lue *qoph* ou *mim*; enfin, la troisième lettre serait un *beth*. On aurait A͟ᵠB ; AMB paraît peu admissible, tandis que AQB serait l'arabe أَقَبّ = Aqabb.

La ligne 5 débute par un caractère ressemblant, malgré le fruste de la pierre, à un *dolath,* que l'on considérerait comme le pronom relatif. Puis viennent trois lettres certaines, *'aïn, beth* et *dolath,* constituant le verbe עבד = faire. La ligne se termine par deux caractères qui ne pourraient être lus à coup sûr que sur la pierre elle-même; il semble qu'il y ait sur la photographie עב ou לב.

Nous proposons donc de lire ainsi l'inscription de Jérusalem, sans méconnaître les chances d'erreur dues à l'examen de la seule photographie : « Dieu a appelé [à lui] Naḥîlat (ou Nouḥailat). Aqabb a fait son tombeau... »

Il est assez malaisé de dater d'une façon précise le monument syriaque qui nous occupe. Toutefois, l'on voudra bien observer, d'une part, qu'il a été acheté à Djerach, l'ancienne Gerasa de la Décapole, cette contrée transjordanienne où se réfugièrent les chrétiens d'origine

juive, lors de la prise de Jérusalem par Vespasien (1).
Ces Judéo-chrétiens, connus également sous le nom de
Syro-palestiniens, eurent une littérature ecclésiastique à
eux ; il nous en est parvenu, en particulier, un évangé-
liaire conservé à la bibliothèque Vaticane et quelques
fragments d'hymnes et de psaumes conservés dans les
bibliothèques de Saint-Pétersbourg et du British Mu-
seum (2). Un lectionnaire syro-palestinien a été acquis et
publié par Mrs. Lewis (3) ; bref, la littérature spéciale à
cette branche du christianisme oriental s'est suffisamment
enrichie ces dernières années pour qu'on ait songé à en
dresser le vocabulaire (4). La période florissante de cette
littérature va du VIIe au Xe siècle de notre ère (5).

D'autre part, si l'on examine attentivement les caractères de l'inscription syriaque en question, l'on observera
tout d'abord qu'ils sont pour la plupart en bon estran-
gelo, notamment les *aleph*, les *riš* et les *noun* ; par contre,
les *hé* de la 2e et de la 4e lignes sont du pur syro-palestinien, ainsi que le *šin* de néféch, de la 4e ligne (6).

Dans sa teneur générale, l'inscription syriaque de
Djerach, actuellement conservée au musée de Sainte Anne
à Jérusalem, présente un état intermédiaire entre l'estran-
gelo et le syro-palestinien ; on peut fixer la date de sa
rédaction à une époque allant du VIIe au IXe siècle de
notre ère. Nous nous sommes contenté de proposer un
essai de lecture et de déchiffrement ; la reproduction pho-

---

(1) Cf. Rubens Duval, *La littérature syriaque...* Paris, 1899, p. 57.
(2) Cf. Rubens Duval, *Traité de grammaire syriaque...* Paris, 1881,
p. VIII.
(3) Cf. Rubens Duval, *La littérature syriaque...* p. 59.
(4) Cf. Fridericus Schultess, *Lexicon syropalaestinum...* Berolini, 1903.
(5) Cf. Rubens Duval, *La littérature syriaque...* p. 59.
(6) Cf. Rubens Duval, *Traité de grammaire syriaque*, p. XIV.

tographique permettra à de plus compétents que nous de résoudre les difficultés soulevées par ce petit texte, difficultés qui ne pourront être vraiment tranchées que par l'examen du monument lui-même.

L'INSCRIPTION ARABE

du brancard de Sahwet el-Khiḍr.

Nous avions quitté *Sâlâ* et franchi la ligne de séparation des eaux du versant oriental et du versant occidental de la montagne des Druzes ; nos chevaux n'avaient plus à redouter la glace fondante et la neige des glaciers ; ils marchaient d'un pas allègre, à travers les prairies verdoyantes, dans les sentes bordées de marguerites, parfumées de menthe sauvage. Les ruisselets, de toutes parts, coulaient en bondissant, et nous atteignions *Sahwet el Khiḍr* (1), après avoir contemplé quelques instants le vaste panorama qui se déroule à nos yeux : Ṣalkhad, Boṣrâ et la plaine, dans sa vaste immensité, où les champs d'orge cotoient les pierres brunes du désert.

Nous nous dirigeons sans tarder vers l'église dédiée au Khiḍr ou saint Georges, à l'effet de prendre l'estampage de l'inscription nabatéenne, publiée dans le *Corpus inscriptionum semiticarum*, II, nº 188.

Et tandis que le papier séchait à cette brise printanière du 23 avril, j'avise sous un noyer vaste et ombreux, au bord du ruisseau, un meuble, haut sur jambes, rappelant d'assez loin la forme de nos brancards ou corbillards de

_____

(1) Cf. R. Dussaud et F. Macler, *Voyage archéologique au Ṣafâ et dans le Djebel ed-Drûz...* Paris, 1901, p. 160-164.

— 23 —

village, terminés par quatre poignées destinées aux porteurs. A la tête se dresse une planche, arrondie par en haut, et portant, pyrogravée, l'inscription arabe, dont je donne ci-après le texte et la traduction.

La confession de cette inscription n'est pas intégralement la musulmane, car il lui manque la formule *bismillahi* ; elle n'est pas non plus exclusivement chrétienne, malgré les rapprochements qui seront faits tout à l'heure. Nous avons affaire ici, semble-t-il, à un texte plus particulièrement druze. Une particularité de la doctrine nosaïri (et l'on peut dire aussi de la doctrine druze, l'une et l'autre dérivant des conceptions ismaélis), c'est que le fidèle aspire à dépouiller son enveloppe matérielle et mortelle, qui le rive aux misères de ce monde, pour se rapprocher de la divinité dans un monde meilleur (1). La teneur du texte arabe est volontairement souple, pour ne pas détourner les pieux non-druzes d'un sanctuaire vénéré où ils apportent eux aussi leurs offrandes.

En voici la teneur en arabe :

النفس تبكى على الدنيا و قد علمت

ان السلامة منها ترك ما فيها

لا دار للمرء بعد الموت يسكنها

ان (2) الذى كان قبل الموت بانيها

ان (3) بناها لخيرًا (4) طاب مسكنها

وان بناها لشرًا (5) خاب شاويها (6)

---

(1) Cf. R. Dussaud, *Histoire et religion des Noṣairis...* Paris, 1900, passim. — S. I. Curtiss, *Primitive semitic religion to-day...* London, 1902.

(2) Texte : ان, en arabe vulgaire, qu'il faut lire الّا = si ce n'est.

(3) Texte : ان, en arabe vulgaire, qu'il faut lire فان, avec le ف conjonction.

(4) Texte : لخيرًا, vulgaire pour لخير.

(5) Même remarque que *note* 4 ; il faut لشرّ.

(6) *Sic* dans ma copie, qu'il faut corriger en ثاويها.

Et voici comment nous proposons de traduire ce petit texte :

L'âme se lamente sur ce monde-ci (1), *car elle sait que la vraie paix* (2) *c'est de quitter ce qu'il contient. Point de maison à habiter après la mort que celle qu'on se serait construite avant la mort. S'il* (3) *l'a construite pour le bien, il l'habitera avec joie ; et s'il l'a construite pour le mal, l'habitant est déçu.*

Cette maxime des bonnes œuvres est fort ancienne ; elle a déjà été l'objet de rapprochements ingénieux de la part de M. René Basset, et « elle forme, chez les Bouddhistes, la morale d'une légende dans un livre qui a pour base l'histoire du Bouddha Sakya-Mouni transformé depuis en saint Joasaph chez les chrétiens ... (4) »

La même idée se retrouve dans l'Évangile, où Jésus recommande à ses disciples de ne point amasser de trésors sur la terre où le ver et la rouille rongent, où les voleurs percent et dérobent ; mais bien d'amasser des trésors dans le ciel, où il n'y a ni ver, ni rouille qui rongent, ni voleurs qui percent et dérobent (5). C'est également au même cycle d'idées que se rattache la construction d'un palais dans les cieux, par l'apôtre Thomas pour le roi Goundaphoros (6).

Le Talmud, à son tour, renferme un passage qu'il est

---

(1) Elle le trouve odieux et désire le quitter.

(2) La sécurité, peut-être, le salut.

(3) Il, c'est-à-dire l'habitant.

(4) Cf. René Basset, *La Bordah du Cheikh el-Bouṣiri, poème en l'honneur de Mohammed...* Paris, 1894, p. 27 et suiv.

(5) Matthieu, VI, 19 ; Luc, XII, 33.

(6) Cf. Constantinus Tischendorf, *Acta apostolorum apocrypha...* Lipsiae, 1851, p. 204 et suiv. — Edgar Hennecke, *Neutestamentliche Apokryphen...* Tübingen und Leipzig, 1904, p. 486 et suiv.

important de signaler ici, et qui a déjà été cité par le Dʳ Paulus Cassel (1) et par M. Basset (2) : Josèphe parle de deux rois de l'Adiabène, Izates et Monobaz, qui passèrent à la foi d'Israël. Et le Talmud (Traité Baba bathra 11) raconte ce qui suit de Monobaz : pendant une année de sécheresse, le roi distribua ses trésors et ceux de ses pères. Lorsque ses frères et ses parents vinrent à lui et lui dirent : tes pères ont toujours augmenté les trésors dont ils héritaient, toi au contraire tu prodigues tout ; il leur répondit : « Mes pères ont récolté pour en bas ; moi, je récolte pour là-haut ;... mes pères ont ramassé pour d'autres, je ramasse pour moi-même ; mes pères ont récolté pour ce monde, moi, je récolte pour l'éternité... » (3)

L'Islâm, enfin, est riche en maximes du même genre, relatives au viatique qu'il faut préparer sur terre pour l'autre monde. Le Cheikh el-Bouṣirî (4) avoue qu'il n'a « pas préparé avant la mort une provision de bonnes œuvres surérogatoires » ; il n'a « fait de prières ni pratiqué de jeûnes que ce qui était strictement obligatoire » (5). Par contre, Lebid (*Diwân*, XL, 60) s'écriait : « L'homme a-t-il autre chose que ce qu'il s'est bâti pendant sa vie, alors qu'on jette des pierres sur sa fosse » (6). Et le poète espagnol Abou ʿAbdallah Moḥammed

---

(1) *Aus Literatur und Symbolik...* Leipzig, 1884, p. 177.

(2) René Basset, *La Bordah du cheikh el-Bouṣiri*, p. 29.

(3) Paulus Cassel, *Aus Literatur und Symbolik*, p. 177 « Josephus erzählt... ich aber für die Ewigkeit ».

(4) Né le 7 mars 1212. Cf. R. Basset, *op cit.*, p. II.

(5) René Basset, *op cit.*, p. 25.

(6) René Basset, *op cit.*, p. 26. — Même idée exprimée dans le chapitre de la bienfaisance, par Saadi, *Le Boustan ou Verger, poème persan...* traduit... par A. C. Barbier de Meynard... Paris, 1880, p. 99-101.

El Khachni se mouvait exactement dans le même cercle
d'idées, lorsqu'il disait : « Mon frère, le monde est un
lieu de séparation, une demeure d'erreur qui nous avertit
de nous quitter. Mon frère, fais tes provisions avant
d'habiter la tombe et de croiser tes jambes pour jusqu'à
la résurrection » (1).

Il ne sera pas sans intérêt, je crois, de terminer ces
rapprochements par la citation d'une maxime attribuée à
Ali : « L'homme, après la mort, n'a d'autre demeure à
habiter que celle qu'il s'est construite avant la mort » (2).

N'est-ce pas là, presque mot pour mot, l'inscription du
brancard de Sahwet el-Khidr ? Rédigée dans l'idiome du
pays, l'arabe, elle peut être lue et comprise par les Chrétiens, par les Musulmans, par les Druzes, par tous ceux
enfin qui ont une faveur à demander ou une action de
grâce à rendre à el-Khidr, à Saint Georges de Lydda,
lequel, d'après les Chrétiens, fut tué par le roi des idolà-
tres dans le Haurân, et dont la fête est célébrée dans tout
le pays (3).

---

(1) René Basset, *op cit.*, p. 26.
(2) René Basset, *op. cit.*, p. 29.
(3) Cf. *Kitâb târikh Bairout* de Sâlih ibn Yahya, édit. Cheikho, p. 16 :
ويزعم النصارى ان مار جرجس من لد قتلة ملك عبدة الاصنام بحوران وله عيد مشهور
عندهم فى سائر البلاد.

NOTE

sur l'inscription arménienne de la cathédrale de Bourges.

Dans la séance du 26 janvier 1872, Monseigneur de la Tour d'Auvergne Lauraguais, archevêque de Bourges, faisait connaître au comité local d'histoire et d'archéologie (1) « une inscription gravée en caractères arméniens sur un pilier de la nef gauche en montant vers le chœur... elle se compose de treize caractères formant trois mots en deux lignes... La première ligne contient un seul mot, Sarqis (Sargis = Serge)... la deuxième ligne contient deux mots : l'un TZARRAH, qui veut dire serviteur, l'autre, en abrégé, AZZEDOUTZO, qui veut dire de Dieu. L'histoire arménienne mentionne le passage de quelques Arméniens en France, vers le XIIe siècle. Ce serait donc à cette époque que remonterait l'inscription dont il s'agit, et qui constaterait le passage de Sarqis, serviteur de Dieu, alors qu'on édifiait la cathédrale de Bourges. Monseigneur demande si quelqu'un avait connaissance de cette inscription et s'il y a dans les archives de St Etienne quelque chose qui s'y rapporte. M. Berry dit qu'il avait connais-

---

(1) *Bulletin du Comité d'histoire et d'archéologie du diocèse de Bourges*, p. 254-255.

sance de l'inscription mais qu'il en ignorait complètement la signification… Cette inscription existe dans la seconde nef, au septième pilier en face de celui où se trouve le bénitier. Elle est à environ 1^m,70 du dallage, ce qui la rend peu apparente, et la pierre sur laquelle elle est gravée et qui fait corps avec le pilier peut avoir 22 centimètres carrés (1). Quant aux archives de St Etienne, il n'y a rien trouvé qui soit relatif à cette inscription. Les liasses de titres qu'il a examinées sont toutes étiquetées, et n'ont aucun rapport à la fondation de St Etienne ».

Il n'y aurait pas lieu d'insister sur cette inscription, dont la lecture matérielle est assurée, si l'estampage qu'a bien voulu m'adresser M. Mater, l'aimable conservateur du Musée de Bourges, n'avait révélé sur la pierre 1° une croix mal gravée, inachevée, au commencement de l'inscription, immédiatement avant la lettre S de Sargis ; 2° une croix très bien gravée, de même empreinte que les caractères de l'inscription, au-dessous à gauche du champ de l'inscription ; autour des bras de cette croix, des caractères arméniens, finement gravés, rappelant le graffito, et qui sont d'une interprétation plutôt difficile, parce qu'ils ne constituent pas des mots, mais semblent être des abréviations.

On peut hésiter, dans l'ensemble, pour préciser la nature, ou mieux, pour expliquer la présence de ce texte

---

(1) M. Mater (lettre particulière du 20 avril 1906) veut bien compléter ces indications : « Les deux lignes principales de l'inscription sont en creux avec 2 millim. de profondeur en moyenne. Il en est de même de la croix, mais les caractères qui l'accompagnent se rapprochent beaucoup du graffite et sont peu accusés. Elle a dû être gravée in situ. La pierre qui la porte est fort grosse. Le pilier, de forme octogonale avec des colon-nettes à chaque angle, mesure 5^m50 de diamètre extérieur aux colonnettes ; il n'y a que deux pierres par assises… »

arménien sur un pilier de la cathédrale de Bourges. Une idée qui vient assez volontiers à l'esprit est que nous sommes en présence de l'inscription funéraire d'un personnage enterré au pied du pilier (1). Le fait en soi n'est pas impossible et l'on a bon nombre d'exemples où une plaque commémorative placée sur le mur intérieur d'une église rappelle que le personnage mentionné est enterré à l'endroit même que désigne la plaque.

Un usage plus fréquent est de graver sur les piliers le nom des généreux donateurs qui ont contribué, par leurs libéralités, à l'érection du monument. Il suffit de citer la liste non encore close des donateurs dont les noms figurent sur les piliers du Sacré Cœur à Montmartre.

Cet usage remonte haut dans l'histoire du moyen âge. Il était fréquent dans l'antiquité, en Occident comme en Orient ; il était pratiqué par les juifs, qui le tenaient des chrétiens (2), et qui perpétuaient le nom des donateurs en l'inscrivant dans les synagogues, sur des mosaïques. Je serais assez porté à croire que Sargis, serviteur de Dieu, Arménien établi ou de passage à Bourges, fit un don important au clergé de l'endroit et exigea en retour que sa mémoire fût conservée par une inscription gravée sur un pilier de la cathédrale.

Il y eut de tout temps des Arméniens en France, surtout à Marseille et à Montpellier (3). Un des patrons de

---

(1) C'est l'avis hypothétique de M. Mater (lettre particulière du 20 avril 1906).

(2) Cf. Moïse Schwab, *Rapport sur les inscriptions hébraïques de la France...* p. 193.

(3) Voir les Chartes arméniennes (Archives municipales de la ville de Montpellier Grand chartrier, armoire A, cassette 17, n° 12) publiées et traduites par Ed. Dulaurier, *Recherches sur la chronologie arménienne....* 1, p. 187-192 ... — Idem, dans les *Mémoires de la société archéologique de Montpellier*, t. VI. p. 1 avec deux planches héliographiques. — Idem, dans le T. I des *Documents arméniens* p. 754-758, avec fac-simile.

l'église de Pithiviers (Loiret) est Saint Grégoire de Nicopolis (Arménie), qui naquit à Nicopolis, au Xe siècle. Il
quitta sa patrie, traversa l'Italie, erra dans les Gaules et
s'établit à Pithiviers, après avoir perdu les deux com-
pagnons de route qu'il avait, en quittant le sol d'Arménie.
— Le pélerinage de saint Grégoire, qui eut lieu le 27 avril
1886, fut organisé par Mgr Alph. Chabot, curé de Pithi-

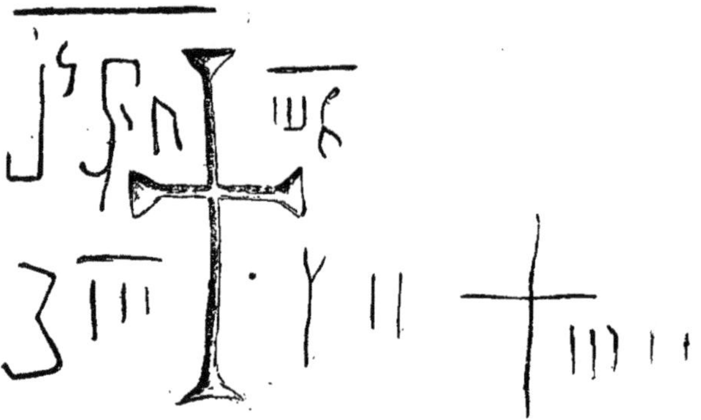

Fig. 6. — Graffito de l'inscription arménienne de Bourges.
Copie de M. de Goy.

viers, qui avait invité à le présider Mgr Marmarian, évêque
de Trébizonde (1). Il en vint également un nombre fort
respectable à la suite de Léon VI (V), le dernier roi d'Arménie, qui, détrôné, vint achever ses jours au château
des Tournelles le 29 novembre 1393 et fut enterré au
couvent des Célestins (2). Un manuscrit latin, provenant
de l'abbaye de la Grasse en Languedoc, renferme une
note écrite en arménien par Siméon, évêque de Sébaste,
qui avait célébré la messe en latin le jour de Pâques 1388

---

(1) Cf. *Le livre des pèlerins de Saint-Grégoire...* éd. A. Chabot. Pithiviers, 1892.

(2) Bellaud, *Essai sur la langue arménienne...* Paris, 1812, p. 6, n. 1.
— N. Jorga, *Philippe de Mézières...* Paris, 1896, p. 462 et suiv.

dans l'église de la Grasse (1). Rien d'impossible, en l'espèce, à ce qu'un Arménien fortuné ait fait, à cette époque, une donation importante au chapitre de Bourges.

Je reproduis ici une copie de ces graffiti, aimablement exécutée à mon intention par M. P. de Goy, d'après le monument lui-même (fig. 6) ; j'y joins ma lecture d'après l'estampage (fig. 7). La première lettre peut être *m* ou *t* ;

Fig. 7. — Graffito de l'inscription arménienne de Bourges. Copie de l'estampage.

la deuxième, également *m*, raturé ; la troisième, plus douteuse, semble être un *o*. Dans la deuxième partie de la ligne, un *a* certain, suivi d'une lettre douteuse ; ce qui permettrait de lire, sous toute réserve : t[earn] m[er]-o[y] A[stucoy] = de notre Seigneur, Dieu.

La deuxième ligne commence par la lettre *hi*, suivie de trois traits qui seraient *s* et *i* constituant le mot Yisusi = de Jésus. La dernière partie de cette ligne est trop fruste pour qu'on y puisse lire un mot ; on y devine plutôt les vestiges des caractères du mot Khristos =

____

(1) Léopold Delisle, *Le Cabinet des Manuscrits...* I, 305.

Christ et l'on pourrait entendre ce graffito dans la sens de : Au nom de notre Seigneur Dieu, Jésus-Christ ; ou peut-être : Croix de N. S. D. J. C., puisque les caractères chevauchent sur les branches de la croix.

NOTICE SYRIAQUE

d'un manuscrit arménien (1584).

Le *Supplément arménien 6* du fonds arménien du département des manuscrits de la Bibliothèque nationale, à Paris, renferme les discours du vardapet Vahram (1) (XIIIe siècle), relatifs à la Trinité, à l'unité de Dieu, à la naissance de J.-C., à l'incarnation du Verbe, etc. Cet exemplaire des œuvres du secrétaire du roi Léon III présente cette particularité qu'il fut copié par un Syrien jacobite, qui apprit l'arménien par suite de l'intérêt qu'offre cette littérature, et il termine sa copie arménienne (fol. 57) par une notice rédigée en syriaque, sur trois colonnes, où il nous donne quelques renseignements sur les événements de son temps.

Les lignes qui suivent ont pour but de faire connaître le contenu de cette notice syriaque (fig. 8).

Dans la première colonne, le copiste nous informe que :
« Cette épître qui contient la profession de foi des Armé-

---

(1) Vahram Raboun, d'Edesse, secrétaire particulier du roi d'Arménie Léon III (1269-1289), écrivit, outre ses traités théologiques, une histoire des rois arméniens de Cilicie jusqu'à l'an 1289. Cf. C. F. Neumann, *Versuch einer Geschichte der armenischen Literatur...* Leipzig, 1836, p. 191-192.

niens a été terminée à la 9ᵉ heure du [jour de] vendredi
[de la semaine consacrée au jeûne] de Ninive (1), le

---

(1) Le jeûne de Ninive s'observe généralement, dans les églises orientales, trois semaines avant le Carême, les lundi, mardi et mercredi de la semaine. Quelques-uns, plus fervents, l'observent pendant toute la semaine. On trouvera d'excellents renseignements sur cette fête spéciale au christianisme oriental dans l'article y consacré par M. J. Ghanimé et le P. L. Cheïkho S. J., *Le jeûne de Ninive dans les églises orientales*, dans *Al-Machriq, revue catholique orientale, bimensuelle*... Beirouth, Nᵒ 4, 15 février 1906. Cet article étant rédigé en arabe, je crois utile d'en donner un résumé succinct, qui sera plus accessible au lecteur occidental : Le jeûne de Ninive fut institué, dans l'église chrétienne, en souvenir du jeûne et du repentir des Ninivites à la prédication de Jonas ; Dieu exauça leurs prières et leurs invocations, d'où la dénomination de El-baoussat (invocation) donnée à ce jeûne. Cette fête est ancienne et semble avoir été instituée par les chrétiens orientaux des premiers siècles ; elle n'est pas mentionnée parmi les fêtes juives et est d'invention purement chrétienne. D'après quelques auteurs syriaques orientaux, l'Irak et la Perse étaient décimés par une épidémie de peste bubonique, sous le pontificat de Hazkial (Ezéchiel) entre 570 et 580 de J.-C. A cette occasion, on institua la Rogation de Ninive, ou le jeûne des Ninivites ; la mortalité cessa, et depuis lors, ce jeûne est fidèlement observé par les Nestoriens. Il l'est également par les Syriens catholiques. Les Syriens Jacobites le célèbrent de deux manières : les uns, pendant trois jours, comme les Chaldéens ; les autres, pendant toute la semaine, depuis le lundi jusqu'au samedi matin. Les Maronites pratiquaient autrefois ce jeûne, témoin les Evangiles relatifs au jeûne de Ninive, qui sont imprimés dans l'édition romaine du livre de la messe maronite ; il aurait été supprimé au XVIIᵉ siècle par Jean de Ohdon, qui, voulant cimenter l'union de sa nation avec Rome, permit aux archiprêtres de manger de la viande et du poisson, de boire du vin dans le Carême, abolit la semaine de Ninive et abrégea le jeûne des Apôtres et celui de Noël. — Le jeûne de Ninive était également connu et pratiqué chez les Coptes, qui le célèbrent en mémoire et comme une allégorie du repentir des Ninivites ; ils ne mentionnent pas, comme étant son origine, la mortalité relatée par les Nestoriens. Ils ont dans leurs rituels des invocations, des prières et des sermons récités pendant les trois jours que dure le jeûne. Les Coptes catholiques abolirent ce jeûne par allégement pour leur nation, mais ils le mentionnent dans leur calendrier, le 16 du mois de habour. Ce jeûne était encore observé par les Abyssins, et mentionné dans leur calendrier publié par l'explorateur Ludolfi. — Le jeûne de Ninive est observé par les Arméniens Grégoriens et par les Arméniens

15 février de l'année 1895 des Grecs (1), au temps où le patriarche David gouvernait les Syriens [jacobites] (2) et

---

catholiques, et mentionné dans leur calendrier. Ils le célèbrent pendant cinq jours et on l'appelle *aradjavor* = prémices, c.-à-d. l'annonciation du Carême, ou le Premier jeûne.

D'après Moïse de Xoren, Grégoire l'Illuminateur l'ordonna aux Arméniens lorsqu'il les convertit au christianisme, comme préparation pour recevoir le baptême ; d'autres le nomment le jeûne de Sargis (Serge) parce que le samedi est la fête de saint Sargis le Martyr ; d'autres enfin rapportent qu'il a été institué en souvenir du repentir d'Adam, lorsqu'il fut chassé du paradis terrestre. — Seuls les Grecs, parmi les Orientaux, n'observent pas le jeûne de Ninive, parce qu'ils le considèrent comme une pure invention humaine et persistèrent à manger de la viande dans la semaine de Ninive, d'où la dénomination de « semaine des contradicteurs ». — Pour plus de détails et les références, le lecteur voudra bien se reporter à l'article du P. Cheïkho. M. d'Alonso, ancien attaché au consulat de France à Jérusalem, et qui fréquente assidument les lieux de culte à caractère oriental, veut bien me confirmer que le jeûne de Ninive n'est observé ni chez les Roumains ni chez les autres églises relevant plus ou moins directement de l'église orthodoxe, slave ou hellénique. Les Grecs ont cependant une semaine de jeûne préparatoire, qu'ils nomment la semaine de Tirini. — On trouvera des exemplaires des hymnes pour les jours de jeûne de Ninive, et des morceaux des Evangiles et des épîtres pour les Rogations des Ninivites, à la Bibliothèque nationale, fonds syriaque, p. 129, Nᵒˢ 184 et 186 du Catalogue des mss. syriaques.

(1) 1584 de J.-C.

(2) « Ignatius, antea Petrus David, seu David Schah, Mardensis, Nehemæ frater, qui ecclesiam Jacobiticam rexit ab anno 1573 ad annun 1589. » Cf. Gregorii Barhebraei, *Chronicon ecclesiasticum...* ed. Abbeloos et Lamy... Lovanii, 1872, t. II, col. 848. Sur ce personnage, qui joua un rôle assez important à son époque, cf. Sam. Giamil, *Genuinae relationes inter sedem apostolicam et Assyriorum orientalium seu Chaldaeorum ecclesiam...* Roma, 1902, p. 115 : « La causa principale della mia Missione in Levante fu per pigliare la ratificatione della professione della fede da David Patriarca di Giacobiti residenti in Caramit (i. e. Amed) nella Mesopotamia, fratello di Néeme Patriarca, che è in Roma... per portarli il Pallio patriarcale ... (p. 116) Et finalmente per trattare con li duoi Patriarchi Armeni, e con li Patriarchi greci d'Antiochia e di Hierusalem la reintegratione della loro unione fatta con la Santa Rom. chiesa nel concilio Fiorentino... ». Le R. P. Rabbath, de l'Université de Sᵗ Joseph, à Beïrouth, publiera prochainement, dans la suite de ses « Documents inédits pour

où le Docteur Bedros (= Pierre) (1) gouvernait [en qualité d'évêque] les Arméniens (?) de la ville de Gargar (2).

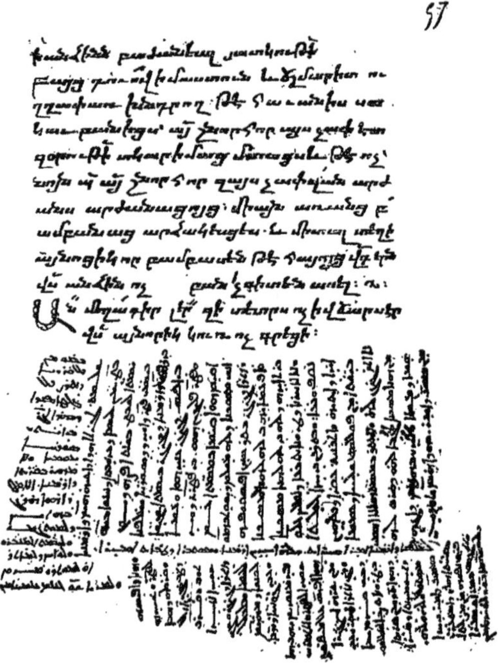

Fig. 8. — Notice syriaque d'un manuscrit arménien.

servir à l'Histoire du christianisme en Orient „ les nombreux renseignements qu'il a recueillis, relatifs à ce patriarche David, et aux événements de son temps (Lettre particulière, à la date du 14 février 1907). Ce David était le frère du patriarche Naaméh. En 1582, le P. Jean-Baptiste Eliano, jésuite, avait été chargé de faire visite à David. Naaméh, alors à Rome, promettait plein succès. Eliano et David ne purent se rencontrer et un échange de lettres aigres-douces détruisit tout espoir. Naaméh rejetait, à Rome, toute la faute sur Eliano et excusait son frère comme ne voulant pas traiter avec un simple prêtre, prétendant qu'il fallait lui envoyer un évêque. C'est alors que le St Siège fit sacrer Leonard Abela évêque et l'envoya auprès des églises orientales. — Ces quelques mots, comme simple indication, en attendant l'importante publication du P. A. Rabbath.

(1) Lecture douteuse de ce mot, où la première lettre semble plutôt être un *kaph*. Le scribe a raturé et pour ne pas manquer de place, il a fait un *beth* écourté ressemblant à *kaph*.

(2) Gargar ou Karkar, forteresse située sur la rive occidentale de l'Eu-

C'était une époque de troubles, car, l'évêque de Gargar
étant mort, le peuple et le patriarche se divisèrent [au
sujet du successeur à lui donner]. Le patriarche David
avait promis sous serment de donner l'évêché de Gargar
à [ce] pauvre homme, à la mort de l'évêque de la ville.
Le peuple avait de même signé un écrit pour la nomina-
tion du même « pauvre homme », de préférence à un
autre qui voulait dominer par la force. Mais ce pauvre
homme ayant vu ce qui allait résulter de cette affaire,
qui, selon le mot de Paul, [l'apôtre] des nations, aurait
été l'origine de tous les maux (1), ne voulut plus de la
dignité épiscopale, surtout lorsqu'il vit que le patriarche
avait abandonné ce pauvre homme, oubliant ses pro-
messes, et avait choisi pour évêque celui qui devait lui
donner à boire le calice de la mort (2), pour avoir abandonné ce pauvre homme (3), se réjouissant d'en être
débarrassé. La profession de foi [dont il s'agit] a été com-
posée élégamment par le Docteur des Arméniens, et ceux-
ci la suivent avec fidélité, parce qu'elle est très exacte...»

La deuxième colonne renferme la suite historique de
la première : « Celui qui a persuadé au patriarche [de

---

phrate, au sommet d'une haute montagne (J. Saint-Martin, *Mémoires
historiques et géographiques sur l'Arménie*, Paris 1818, t. I, p. 193).
« Gargar (= Gerger) hodie possidet circiter 150 Kurdorum familias et
25 Armenorum domus »... « sedes episcopalis, in monte ad occasum Eu-
phratis inter flumen et Cachtam... » (Barheb., *Chron. eccl.*, ed. Abbeloos
et Lamy, I, p. 491, n. 1). Le scribe transcrit d'après la prononciation occidentale, établie en Cilicie dès le XIe siècle.

(1) I Timothée, VI, 10.

(2) A entendre vraisemblablement dans le sens moral.

(3) On pourrait, à la rigueur, traduire : un certain Meskena, en faisant
de ce mot un nom propre. Il semble bien qu'il s'agisse ici de notre copiste
lui-même, qui aurait postulé l'évêché de Gargar. Cet usage de se désigner
par un excès d'humilité, réelle ou feinte, est très commun chez les copis-
tes, en particulier chez les écrivains ecclésiastiques.

l'élire à l'évêché de Gargar] et l'a corrompu à force de présents, d'argent et d'or, a aussi corrompu le gouverneur de Gargar et a mis le trouble dans la foule des fidèles. Il avait déjà commis beaucoup de méfaits auparavant et avait acheté à prix d'argent le siège de Maïpherkat (1), puis l'avait abandonné comme un adultère pour convoler à d'autres engagements et obtenir le siège dont il a été parlé. Il avait commis le mal devant le peuple et voulu dominer tyranniquement. Il est du village situé au-dessous de la ville, et celui qui lira ces mots le connaîtra *lui* et *elle* (2) (c.-à-d. son histoire). Et le pauvre dont on a parlé, voyant les crimes commis, se retira du milieu [des hommes] et se réfugia auprès du chef des prêtres, auquel soit gloire, ainsi qu'à son Père et à son Esprit. Amen. »

Dans la troisième colonne, la note est plus personnelle ; le copiste ne parle plus des autres, mais de lui seul : « je prie le lecteur de pardonner toutes les fautes et les erreurs de cet écrit ; car je suis Syrien jacobite et peu versé dans la langue arménienne ; je l'ai étudiée pour m'instruire et connaître cette affaire à mes moments perdus, et non pour en tirer un profit ou un avantage quelconque. Au Seigneur, gloire dans les siècles des siècles. Amen. »

------

(1) En arménien classique Nphrkert, en grec Martyropolis, en syriaque Maïpherkat, en arabe Maïafarekin, en arménien vulgaire Mourpharkin, ville fondée vers le milieu du V⁰ siècle par l'évêque Maroutha qui y rassembla les reliques de tous les martyrs qu'il trouva en Arménie, en Perse et en Syrie ; est peut-être à identifier avec Carcathiocerta, qui était la capitale de la Sophène, jusqu'au VII⁰ siècle ; puis elle passa sous la domination des Musulmans. Cf. Saint-Martin, *Mémoires... sur l'Arménie*, I, p. 96-97.

(2) Lêh veloh, les deux pronoms suffixes, masculin et féminin, avec le lomadh.

DOCUMENTS

relatifs à l'imprimerie arménienne établie à Marseille
sous le règne de Louis XIV.

Avant-propos.

Richelieu fit tout ce qui dépendait de lui pour fortifier l'influence française en Orient ; il encouragea en France les études orientales et il songea à faire rechercher dans le Levant les manuscrits orientaux qui orneraient sa bibliothèque et seraient utiles aux savants qui les consulteraient (1).

Il conçut également le projet d'établir des Arméniens en France, afin d'y augmenter le commerce (2) et à cette occasion il fit imprimer à ses frais, à Paris, quelques ouvrages arméniens, en particulier le « dictionnaire arménien-latin du P. Rivola, jésuite », qu'il fit distribuer gratuitement (5).

---

(1) Cf. Henri Omont, *Missions archéologiques françaises en Orient aux XVIIe et XVIIIe siècles* .. Paris, 1902, p. X.

(2) Cf. *Consulat de la mer, ou Pandectes du droit commercial et maritime... traduit du Catalan en Français...* par P. B. Boucher... Paris, 1808, t. I, p. 220.

(3) Cf. Bellaud, *Essai sur la langue arménienne...* Paris, 1812, p. VI-VII et p. 1. M. Gabriel Ledos, Bibliothécaire à la Bibliothèque nationale, à qui ce travail est redevable de quelques observations intéressantes, veut

Lous XIV, dont l'idée inspiratrice de toute la politique fut de ramener les dissidents à l'unité et d'exterminer les hérétiques, ce qui devait être le digne ouvrage et le propre caractère de son règne (1), continua la politique orientale déjà suivie par Richelieu et par Mazarin et envoya en 1670, comme ambassadeur à Constantinople, M. de Nointel, dont le premier soin devait être de renouveler les Capitulations (2).

Le marquis de Nointel emmenait avec lui un jeune

bien me signaler que ce renseignement de Bellaud est erroné : Francesco Rivola n'était pas un jésuite, mais un chanoine de Milan : Bellaud fait une confusion entre ce personnage et un jésuite, auteur, lui aussi d'un dictionnaire arménien et d'une grammaire arménienne, le P. Villotte, beaucoup plus jeune que Rivola, puisqu'il ne naquit qu'au milieu du XVII⁰ siècle, et que son dictionnaire ne fut publié qu'au commencement du XVIII⁰ siècle.

RIVOLA (Franciscus) fut élevé au grand séminaire de Milan. Le cardinal Borromée lui donna une prébende canoniale dans l'église saint Thomas *in terra amara*. Puis il le fit nommer au collège Ambrosien professeur des langues italienne, hébraïque, chaldéenne et arménienne. Sur les ordres du Cardinal Borromée, il devait faire imprimer la grammaire de la langue abyssine.

Rivola mourut vers 1650. Parmi ses œuvres, il faut mentionner :

— *Dictionarium armeno-latinum*... auctore Francisco Rivola... Mediolani, ex typographia Collegii Ambrosiani, 1621. In-fol.

— *Dictionarium armeno-latinum*, exmandato Eminentissimi Cardinalis Ducis de Richelieu gratis dispensentur (auctore Francisco Rivola). Lutetiae Parisiorum, Societas typographica, 1633. In-4°. Un exemplaire de cette édition (le n° 25 du Supplément arménien du Cabinet des manuscrits de la Bibliothèque nationale) renferme des notes importantes, dues à Schröder.

— *Grammaticae armenae libri IV*, auctore Francisco Rivola. Parisiis, Antonius Vitray, 1634. In-4°. — Pour plus de détails, cf. Philippi Argelati, *Bibliotheca scriptorum mediolanensium*... Mediolani, 1745. T. II, col. 1233-1234.

Sur le P. Villotte, cf. *infrà*, p. 44, n. 2.

(1) Bossuet, *Oraison funèbre* du chancelier Le Tellier.

(2) Cf. H. Omont, *Missions*... p. 175.

orientaliste, Antoine Galland ; celui-ci devait aider l'ambassadeur dans la recherche des professions de foi des communautés chrétiennes d'Orient pour les communiquer à Antoine Arnauld, alors en pleine controverse dogmatique avec les protestants.

Au nombre de ces professions de foi obtenues par le marquis de Nointel, en figurent quelques-unes de patriarches arméniens : d'Etienne, patriarche des Arméniens de Constantinople, de David, patriarche des Arméniens d'Ispahan, de Gaspar, évêque des Arméniens du Caire, etc. Elles furent utilisées par Arnauld, Nicole, Renaudot et successivement publiées par les auteurs de la *Perpétuité de la foy* (1) et par M. Henri Omont, avec quelques lettres d'envoi du marquis de Nointel (2).

Louis XIV ne devait pas borner là sa sollicitude pour les choses d'Orient et l'on ne s'étonnera pas grandement d'apprendre qu'il favorisa l'établissement d'une imprimerie arménienne à Marseille, lorsque l'occasion s'en présenta.

Les Arméniens furent les meilleurs propagateurs de l'imprimerie en Orient, et peu après la découverte de Gutenberg, ils établirent successivement des imprimeries à Constantinople, à Ispahan, à Etchmiadzin, à Smyrne, à Venise, à Livourne, à Trieste, à Léopol, à Leipzig, à Moscou, à Pétersbourg, à Madras, à Amsterdam, à Marseille (3).

Un évêque (4) arménien, Oskan, avait établi à Amster-

---

(1) *La perpétuité de la foy de l'Eglise catholique touchant l'Eucharistie...* Paris, 1674, t. III, passim.

(2) Cf. H. Omont, in *Bibliothèque de l'École des chartes*, 1884 (XLV, 235-6). — Idem, *ibidem*, 1894, p. 567. — Idem, *Missions...* p. 175 et suiv.

(3) Cf. Bellaud, *Essai sur la langue arménienne...* Paris, 1812, p. 1.

(4) C'est ainsi qu'il est dénommé dans la plupart des documents du

dam une imprimerie arménienne, dont les belles éditions
de la Bible sont encore fort cotées de nos jours, au point
de vue typographique (1). Il fut envoyé en France par le
patriarche d'Arménie et obtint de Louis XIV l'autorisation
d'installer une imprimerie arménienne à Marseille. La
chose alla d'abord facilement ; puis des dissensions sur-
vinrent ; il y eut même un procès au sujet d'un imprimeur, Salomon de Léon (So*l*omon) ; et finalement, sur
les remontrances du clergé de France et des membres de
la Congrégation *de propaganda fide*, l'imprimerie arménienne de Marseille « fut supprimée parce qu'elle servoit
à publier des livres qui contenoient des opinions hérétiques » (2).

Il ne sera peut-être pas sans intérêt de donner ici la
liste des ouvrages publiés par l'imprimerie arménienne
de Marseille, durant sa courte existence ; en outre, le
lecteur pourra se faire une idée du degré d'hérésie des
livres qui y ont vu le jour.

XVIIᵉ siècle qui le mentionnent. J.-Chahan Cirbied (*Grammaire de la
langue arménienne...* Paris, 1823, p. XXXI et p. 813) en citant sa grammaire arménienne publiée à Amsterdam en 1665, le qualifie également
d'évêque arménien — Le R. P. Komitas, maître de chapelle de la cathédrale d'Etchmiadzin, veut bien me faire observer (lettre particulière du
2 mai 1907) qu'Oskan n'était ni évêque, ni archevêque, mais un vardapet
arménien, de rite grégorien, avec le titre exact de : *Oskan vardapet
erevantsi* = Oskan, docteur, d'Erivan. Pour plus de détails, cf. Dashian,
*Catalog der armenischen Handschriften in der Mechitharisten-Biblio-
thek zu Wien...* Wien, 1895, p. 1138, *s. v.* Oskan. — F. N. Finck und
Levon Gjandschezian, *Verzeichniss der arm. Handss. der Königl. Uni-
versitätsbibliothek...* Tübingen, 1907, p. 116, nᵒ 80. — Et *infrà*, p. 54, n. 2.

(1) Cf. J. Villotte, *Dictionarium novum latino-armenium...* Romae,
1714, p. 766 : « Anno 1666. Uesganus Sacra Biblia primùm edit armenicis
typis ».

(2) Cf. Bellaud, *Essai...* p. 1. — J. Saint-Martin, *Mémoires historiques
et géographiques sur l'Arménie...* Paris, 1818, t. I, p. 3.

Je donnerai cette liste d'après la *Bibliographie arménienne* (1), en faisant remarquer que cet ouvrage, qui
pourrait être si utile s'il était plus exact, fait vivement
désirer une 2ᵉ édition, revue, augmentée et sensiblement
améliorée ; l'ouvrage en question débute par la liste des
livres arméniens imprimés entre 1565 et 1800 ; c'est là
que je prends les quelques renseignements relatifs à l'imprimerie arménienne de Marseille :

ANNÉE	VILLE	IMPRIMEUR	OUVRAGE
1673	Marseille	Oskan	Opuscule utile (I)
—	»	»	Livre d'heures (II)
—	»	»	Narek (2) (incomplet)
1674	»	Imprimerie « Etch- miadzin » (3)	Rhétorique
1675	»	Oskan	Alphabet
—	»	»	Art de l'arithmétique
—	»	»	simple calendrier (?) (parzatômar)
1676	»	Oskan	Opuscule utile (II)
—	»	Oskan et Cⁱᵉ	Maštots
—	»	»	Recueil de cantiques en l'honneur de la Vierge

---

(1) Venise, 1883.

(2) *Editio princeps* de ce recueil des prières de Grégoire de Narek (983),
très répandu chez les Arméniens. Cf. Dr N. Karamianz, *Verzeichniss der
armcn. Handschriften... zu Berlin*, p. 25, Nº 32.

(3) L'imprimerie arménienne établie à Amsterdam, aux frais du patriarche Jacques IV (?), par Oskan, qui en était le directeur, portait le titre
distinctif de « Typographie d'Etchmiadzin ». Cf. Chahan de Cirbied, *Notes
sur les Arméniens d'Amsterdam et de Livourne...* in Anahit, 1904,
p. 40-41.

Année	Ville	Imprimeur	Ouvrage
1677	Marseille	Oskan et Cie	Psautier
1683	»	»	L'œil spirituel
—	»	»	Jardin (II)
1686	»	Solomon (Salomon)	Livre d'heures
1708	»	Inconnu	Clé de piété (II)
—	»	»	Livre d'heures de la Sainte Vierge (III)
1710	»	»	Psautier

En dépouillant un par un les manuscrits arméniens de notre Bibliothèque Nationale, afin d'en dresser le catalogue, j'en rencontrai un (1) qui, parmi des brouillons de tout genre, des exercices d'écriture, des fragments de dictionnaires, renfermait tout un dossier de pièces relatives aux affaires de l'imprimerie arménienne établie à Marseille (2). Les recherches que j'ai entreprises à ce sujet

---

(1) Codex Paris. Supplém. Arménien 21. Ce manuscrit a été relié en 1873. Il est devenu le N° 309 de notre *Catalogue des manuscrits arméniens et géorgiens de la Bibliothèque nationale*.

(2) C'est à Marseille que le P. Villotte envoya d'Ispahan, pour y être imprimé, le livre où il avait compilé toutes les instructions relatives au plain-chant et à « tout ce qui se chante en Europe dans les paroisses les mieux réglées pendant tout le cours de l'année... lorsqu'on lui eut renvoié les éxemplaires, il les distribuoit à ses petits choristes (les jeunes Arméniens d'Ispahan) aux jours de cérémonie... » Cf. *Voyages d'un missionnaire de la Compagnie de Jésus, en Turquie, en Perse, en Arménie, en Arabie et en Barbarie*. Paris, 1730, p 426.

« Villotte, Jacques, né à Bar-le-Duc, le 1ᵉʳ novembre 1656, admis le 2 octobre 1673, enseigna la grammaire et les humanités, deux ans de la rhétorique et reçut l'ordre de se rendre en Chine par la Turquie, la Perse et la Tartarie... arriva à Ispahan la première fois le 16 octobre 1689 ; il fit

me laissent croire que ces documents sont inédits ; du moins, je n'ai trouvé nulle trace d'une publication y relative ; c'est sous cette réserve formelle que je les livre aujourd'hui à la publicité. Ils présentent un intérêt historique. Si Richelieu et Louis XIV, non seulement favorisaient, mais attiraient les Arméniens en France ; si la sympathie qu'on leur témoigna sous les règnes de Louis XV (1) et de Louis XVI (2) trouva sa suprême consécration dans la création d'une chaire d'arménien à l'Ecole des langues orientales, sous le règne de Napoléon I, en 1811 (3), les Français de nos jours se montreront fidèles à ces vieilles traditions nationales en prenant de plus en plus contact avec un peuple opiniâtre, qui ne veut pas se laisser abattre et met au jour de nouvelles productions de l'esprit, dignes en tout point de leurs illustres ancêtres.

---

différentes tentatives pour arriver au terme de son voyage, à la Chine, mais ce fut sans résultat. Il revint à Ispahan, demeura plus de 12 ans dans cette capitale et s'appliqua à l'étude de la langue arménienne. Rappelé en 1712, il fut recteur à Bar-le-Duc, supérieur à Saint-Nicolas, près de Nancy, et y mourut, le 14 janvier 1743 ». Cf. Carlos Sommervogel, S. J., *Bibliothèque de la Compagnie de Jésus.* Première partie : Bibliographie... Bruxelles et Paris, 1898. T. VIII, col. 787-789. Il est l'auteur d'un *Dictionarium novum latino-armenium ex praecipuis armeniae linguae scriptoribus concinnatum... Accessit Tabula chronologica regum et patriarcharum utriusque Armeniae.* Auctore P. Jacobo VILLOTTE, Soc. Jesu apud Armenios per annos XXV missionario. Romae, typis Sac. Congreg. de Propaganda Fide. Anno MDCCXIV. In fol. 772 p.

(1) En particulier les missions de Sevin et de Fourmont. Cf. H. Omont, *Missions*, seconde partie, passim.

(2) Cf. *infrà*, p. 77, la requête de Ovanès Oglou Kivork et Carabet frères.

(3) Cf. Bellaud, *Essai sur la langue arménienne*... Paris, 1812, p. 2. — *Documents relatifs à la constitution et à l'histoire de l'Ecole spéciale des langues orientales vivantes.* Paris, 1872, p. 4, 49, 54 et passim. — [A. Carrière,] *Notice historique sur l'Ecole spéciale des langues orientales vivantes*, Paris, 1883, passim. (Extrait des *Mélanges Orientaux*, publiés par l'Ecole des langues orientales vivantes).

DOCUMENTS

relatifs à l'imprimerie arménienne de Marseille.

(Codex Paris. Supplém. armén. 21.)

Fol. 16. — 1° Salomon de Leon est imprimeur du Roy
par priuilege du Dit Seig[neu]r dans les terres de Son
Obeissance p[ou]r imprimer les liures à l'usage des Arméniens.

2° Parmi les liures qu'il imprimeroit il y en peut auoir
de trois sortes :

la première ceux qui sont les liures de Religion et qui
sont des formules de prières comme les liturgies, les
breuiaires, les calendriers.

la 2de ceux qui sont des anciens autheurs qui ont traitté
des choses ou sacrées ou profanes et que l'on cite comme
des autheurs dans chaque science.

la 3e pour les liures que l'on compose journellem[en]t
et de nouueau ou en matière de spiritualité ou p[ou]r les
sciences humaines.

3° que la cause pour le fait de l'impression est mixte
et qu'elle regarde le Superieur temporel et le Superieur
Sp[irit]uel qui fait que l'imprimeur se nomme imprimeur
du Roy et de Mgr l'archevêque : elle regarde le Superieur
spirituel quant à l'impression des liuvres de religion,

le quel supplie le roy de ne pas permette (*sic*) qu'on imprime contre Rome.

mais elle regarde le Superieur t[em]porel qui donne priuilege de maistrise en fait d'impression co[mm]e en auc[un] mestier et qui deplus tolere l'impression des liures mesmes de contraire religion p[ou]r le bien mesme de la veritable religion.

4° que p[ou]r la distinction apportée à l'article 2ᵈ le Roy a de fait deffendu qu'on n'imprimast rien dans les liures à l'usage journalier de la religion des Armeniens co[mm]e sont rituels, missels, breuiaires et prieres ou il y eut quelque chose qui fust expressém[en]t et ouvertem[en]t contre les vérités catholiques telles que de fait Sa Maiesté les professe ou pourtant il faut apporter beaucoup de précaution p[ou]r ne pas condamner ce qui se peut fort bien deffendre au jugement des plus habiles docteurs catholiques.

P[ou]r ce qui est des anciens autheurs co[mm]e serait Tertulien, Origene et au[tr]es, quoyque hérétiques, l'on ne peut en empescher l'impression en quelque langue que ce soit et l'on ne peut les corriger sans crime de faussaire punissable par les loix.

Pour ce qui est de ceux qui voudroient escrire de nouveau p[ou]r appuyer et soustenir les erreurs qu'on attribue à Origene ou a Tertullien et autres semblables, ils doivent estre empeschés. Et p[ou]r ceux qui regardent les sciences humaines co[mm]e histoires, geographies, fables d'Esopes, cela ne regarde point le Superieur ecclésiastique de s'opposer. Sauf a luy si apres l'impression permise, il trouuoit quelque chose qu'on y auroit fourré malicieusement au mespris de la religion come si on auoit traduit Rabelais en armenien.

Fol. 25. — Monseigneur

Supplie humblement Salomon de Leon, marchant et imprimeur du Roy pour les liures armeniens lequel ayant eu l'honneur de paroistre deuant Votre Grandeur a la suitte de Monseig^r l'archeueque de Samiram vient encore implorer vostre misericorde pour le deliurer de ceux qui l'empeschent de jouir de la grace et du priuilege qu'il a plu au Roy de luy accorder et de luy confirmer de nouveau. Ce priuilege luy (1)... pouuoir d'imprimer des liuvres en langue armenienne en telle ville qu'il voudra choisir sans autre charge que celle qui est commune a tous les imprimeurs et libraires du Royaume qui est de ne rien imprimer (2) sans permission (5), mais parce qu'il craint et auec raison qu'on ne luy fasse empeschem[en]t (4) en l'obligeant a d'autres charges il supplie humblement qu'apres auoir eu une approbation des docteurs en theologie ou d'autres personnes, suffisament qualifiées, dont la catholicité et la capacité soit connuë il luy soit permis d'imprimer et debiter des liures ainsi approuués sans qu'il soit responsable d'autre chose que de la fidelité à suiure l'original deuëment approuué (5). C'est la grace qu'il espere de vostre bonté (6), demandant qu'au cas qu'il soit troublé ayant satisfait aux susdites conditions de vouloir reserver au conseil du Roy la connoissance de cette cause priuetiuement a toutte autre justice.

---

(1) Quelques mots effacés dans le texte.
(2) Quelques mots effacés dans le texte : *principalement pour les liures d'Eglise qui n'ayt* etc.
(3) Quatre mots effacés : *de qui il appartient.*
(4) Quelques mots effacés : *et qu'on ne le...*
(5) Mots effacés : *et qu'en cas d...*
(6) Mots effacés : *et qu...*

Fol. 26. — Thomas Alexandre Morant cheualier con-
[seill]er du Roy en ses conseils M[aîtr]e des requestes,
ordinaire de son hottel, intendant de justice police et
finances, et commandant pour Sa Maiesté en Prouence.

Veu les ordres portés les lettres de cachet du Roy a
nous adressantes par la premiere des quelles en date du
3. januier dernier sur ce qui a été representé a Sa Maiesté
par l'archeuesque de Samiram de la part du patriarche
d'Armenie que non obstant le priuilege et permission
accordée a Salomon de Leon Armenien d'imprimer en la
ville de Marseille, les liures en langue armenienne, il y
auoit été troublé sous diuers pretextes par le nommé
Thomas herabied (1) prestre armenien, Sa Maiesté voulant
auoir egart a la demande dudit patriarche et de t[ou]te la
nation armenienne.
Nous auroit ordonné de tenir la main a ce que ledit
Salomon de Leon feut maintenant (2) dans ledit priuilege
pour en jouir dans toute son etendue et de luy donner
notre auis pour faire cesser ces troubles et empesche-
m[en]ts qui pouront naistre a ce suiet, et par la **2**. ecrite
a Versailles le 5 du mois de feburier aussy dernier les
nommez de Gregoire de Amio et quelques autres marchands armeniens etablis en la ville de Marseille au

---

(1) C'est le nom propre du prêtre arménien en question, bien qu'écrit
avec *h* minuscule. Ce nom est également connu sous la forme Hayrabedian
ou Hêrapet ; ainsi se nommait un scribe qui copia un exemplaire des
Evangiles pour la vierge Zorapasha, en 1678, sous le règne du Shah de
Perse Sliman (1666-1694). Cf. Dr N. Karamianz, *Verzeichniss der armenischen Handschriften der Königlichen Bibliothek zu Berlin...* Berlin,
1888, p. 13, n° 18. Pour la forme Hayrapet, cf. P. Gregoris Dr Kalemkiar,
Catalog der armen. Handschriften... zu München... Wien, 1892, p. 29^b.
(2) Sic pour maintenu.

nombre de cinq ayant pareillement fait representer a Sa
M. par ledit sieur archeuesque de Samiran envoyé du
patriarche d'Armenie que ledit herabied p[res]tre (fol. 27)
de la me[m]e nation qui y est etabli et qui y prend la
qualité d'inquisiteur reffusoit non seulem[en]t de les
entendre en confession, mais aussy que la mauuaise
reputa[ti]on qu'il s'etoit acquis par sa conduite dereglée
empeschoit que plusieurs autres Armeniens ne vinssent
trafiquer en la ville de Marseille, et Sa M^té jugeant du
bien de son seruice et de l'interest de ses suiets que le[dit]
herabied ne puisse causer aucunne interruption au commerce sous quelque pretexte que ce soit, et ne voulant
pas souffrir d'inquisiteurs dans le Royaume elle nous
auroit ordonne de nous informer si ledit herabied fait la
fonction d'inquisiteur a Marseille, qu'elles *(sic)* raisons
il peut auoir de refuser d'entendre en confession lesd[its]
marchands armeniens, sy sa conduite est dereglée et cause
du preiudice au commerce que la nation armenienne
pouroit faire en la d[ite] ville de Marseille, affin que sur
la connoissance exacte que Sa M^té veut que nous prenions
du trouble que led[it] herabied apporteroit dans l'impression des liures en langue armenienne et dans le trafic de
lad[ite] nation, que Sa M^té desire qu'elle continue suiuant
les priuileges quelle luy en a accordéz, et sur ce compte
que nous en rendrons en *(sic)* Sa Maiesté elle pouruoye
aux plaintes dud[it] sieur archeuesque de Samiran ainsy
quil sugere a propos, lesd[ites] lettres a nous remises par
Marcherite *(sic)* Chaué (1) femme de Salomon de Leon

---

(1) Une Française qui aura épousé un Arménien. Le nom de Chave est
connu en Provence ; c'est ainsi que vers 1838, il y avait à Aix un sous-
préfet de ce nom ; cf. Jean-Charles de Besse, *Voyage en Crimée, au Cau-
case, en Géorgie, en Arménie...* Paris, 1838, p. 464.

imprimeur en langue armenienne dont nous auons donné acte et pour satisfaire aux ordres cydeuant contenus, Nous aurions mandé led[it] Thomas herabied p[res]tre, lequel etant comparu dans notre hostel le 20 feburier dernier, nous luy aurions donné a entendre en presence de M[ait]re Philippes de Vausset (1) docteur en theologie, grand vicaire de M^r l'archeuesque de Marseille les plaintes portéz a Sa Maiesté (fol. 28) contre sa personne. L'ayant interpellé de nous declarer depuis quel temps il s'etoit étably en lad[ite] ville, les affaires qui l'y retenoient et s'il auoit quelques ordres ou commissions de Rome pour y rester, aquoy led[it] herabied auroit repondu en langue latine dont il se sert pour s'enoncer n'ayant aucun usage de la langue francoise, et qu'il y a enuiron sept années que passant par Marseille pour se rendre a Paris au retour d'un voyage qu'il auoit fait a Rome il eut ordre de M. de Janson (2) pour lors euesque de Marseille, et de Mr Piquet euesque de Cesaropte (3) de demeurer en cette ville, et de donner ses soins et son applica[ti]on a corriger les erreurs qu'on pouroit faire dans l'impression des liures armeniens, qu'il y a six ans qui sert dans l'hopital des forcats

---

(1) Ou encore Philippe de Bausset, vicaire général de Marseille en 1673, 1681, 1691 ; prévôt du chapitre depuis 1678. Cf. *Gallia Christiana* I, col. 678, et *Gallia Christiana novissima*, I, col. 908-909, col. 947.

(2) Toussaint de Forbin Janson, évêque ; transféré de Digne à Marseille en 1668 et de Marseille à Beauvais en 1679 ; Cardinal en 1690 et grand aumônier en 1706, mort le 24 mars 1713. Cf. *Gallia christiana*, I, col. 674-675 et *Gallia christiana novissima*, col. 638-640.

(3) Ce mot est bien écrit avec *t*, qu'il faut probablement corriger en *l*, ce qui donnerait le vocable de *Cesarople*. — François Picquet, missionnaire, né à Lyon en 1626. Nommé en 1652 consul à Alep ; rentre en France en 1660. Il retourne en Asie avec le titre d'évêque de *Cesaropolis* et vicaire apostolique de l'évêché de Nakhidjevan en Arménie en 1679. Nommé ambassadeur en Perse (1681) et évêque de Bagdad en 1683. Il mourut à Hamadan en 1685.

s'employant a la conuersion des turcs qui y sont malades
et a confesser ceux des galeres qui sont conuertis, qu'il
na jamais pris la qualité d'inquisiteur, et quil n'en a fait
aucunes fonctions, seruant seulem[en]t d'interprete des
abjura[ti]ons qui se font en cette ville par les Armeniens
qui veulent professer la R. C. A. et R. ou aux autres
occasions auxquelles il est employé par les ordres du
sieur grand vicaire, qu'il a receu a la verité un decret de
la congrega[ti]on de propagande (*sic*) fide de Rome qui
l'etablit missionnaire apostolique, que sa principale
applica[ti]on est d'empescher les heresies dans les liures
armeniens qu'on imprime, mais que malgré ses soins
Salomon de Leon imprimeur et son compositeur s'eforcent
d'y en faire entrer plusieurs pour rendre le debit de ses
liures armeniens plus facile et plus auantageux pour leur
interest en les vendant aux Armeniens schismatiques ne
feignant point de trahir leur conscience dans la (fol. 29)
veue d'un gain plus considerable contre la profession
qu'ils font de viure dans la foy C. A. et R. et que depuis
sept ans quil est employé a la correction des liures
armeniens on ne luy a representé que le breuiaire et le
[psautier (1)], ce qui luy donne lieu de croire que led[it]
Leon et son compositeur en ont imprimé d'autres secrettem[en]t et dans des maisons a luy inconnues dans les
quelles ils retiennent leurs caracteres, n'étant pas a pre-
sumer quils nayent imprimé que ces deux liures pendant
un sy longtemps, duquel düe nous aurions donné acte
aud[it] herabied et Signé,

Signé herabied, et Morant.

---

(1) Texte : psentier.

Surquoy led[it] sieur de Baussei (1) enquis de ce qui s'est passé au suiet de la d[ite] impression armenienne depuis son etablissement en cette ville nous auroit dit que le sieur Oscam (2) archeuesque armenien ayant obtenu

(1) Variante de Bausset et de Vausset.

(2) L'orthographe arménienne de ce nom est Oskan ou Osgan. On le trouve quelquefois écrit avec *m* à la fin (prononciation provinciale) ce qui a donné la forme latine du nom : *Uscamus*; cf. *La perpetuité de la foy de l'Eglise catholique touchant l'Eucharistie...* Paris 1669, t. I, p. 79 : « copie d'un extrait de la liturgie arménienne qui a esté donné à Amsterdam à une personne de condition le 1er jour d'août 1667 par l'Euesque Uscamus écrit de sa propre main en arménien et en latin, et traduit par lui-mesme de l'arménien ». Voici le jugement d'un contemporain d'Oskan, qui ne manque pas d'un certain intérêt : De Moni, *Histoire critique de la Creance et des coutûmes des Nations du Levant...* Francfort, 1684, p. 137-138, s'exprime ainsi à son sujet : « Les victoires que Scha-Abas Roi de Perse a remportées ces dernières années sur les Arméniens, lors qu'il entra dans l'Arménie, ont presque ruïné cette Eglise, qui retient encore neanmoins le nom de quelques Archeveschés, Eveschés et Monasteres, mais qui sont la plus-part en un grand desordre. Je me suis informé assez exactement de l'estat present de l'Eglise d'Armenie, ayant eu plusieurs conférences sur ce sujet avec un Evesque Armenien, lequel prenoit la qualité d'Evesque d'Uscovanch, et qui estoit à Amsterdam en l'année 1664 pour faire imprimer une Bible en Arménien, selon la commission qu'il en avoit de son Patriarche : car comme les Bibles Arméniennes manuscrites estoient d'un prix excessif, et que cela empeschoit que les particuliers ne lussent l'Ecriture, le Patriarche prit resolution de la faire imprimer. J'ai donc eu de cet Evesque nommé Uscam, le Memoire des Eglises Arméniennes, que j'ai produit à la fin de cet Ouvrage [p. 217 sq.]; et depuis ce tems-là je l'ai entretenu à loisir à Paris, et l'ayant consulté sur plusieurs points qui regardoient la theologie des Arméniens, je l'ai trouvé assez peu instruit de ces matieres. Il est mort à Marseille, où il s'estoit retiré avec la permission du Roi, pour faire imprimer des livres Armeniens à l'usage de sa Nation. Les Cardinaux qui composent à Rome la Congrega-tion *de Propaganda Fide*, ont esté surpris de ce qu'on lui avoit accordé si facilement en France un privilege pour faire imprimer toutes sortes de livres Armeniens; parce qu'il se pouvoit faire qu'il imprimast de mechans livres, qui auroient favorisé le Schisme des Armeniens. Mais sa conduite pendant tout le temps qu'il a esté en France, a esté pleine de respect pour l'Eglise Romaine ». — Le titre ecclesiastique de Oskan est donné par lui-même, dans DE MONI, *op. cit.*, p. 219 : « Ouscohvanch, Epis-

de Sa M^té ce priuilege de faire imprimer dans la ville de
Marseille des liures en langue armenienne, pouruéu quil
ny eut rien de contraire a la foy C. A. et R. il se seroit
associé avec le Sr Therdadée (1) p[res]tre de sa nation
suiuant les traittéz et conuentions particulieres faites
entre eux que la mort dud[it] sieur archeuesque ayant
ensuite fait naistre quelques differans entre Salomon de
Leon son neueu qui continuoit lad[ite] impression, et
led[it] Thertadée en consequence des erreurs que ce dernier soutenoit auoir eté melléz dans l'impression du breuiaire armenien le parlement de Prouence les auroit
enuoyez par deuant le sieur de Baussei lequel en execution d'un arrest de lad[ite] cour du 4 no[vem]bre 1676
auroit nommé pour interprete led[it] sieur herabied qui
se trouua de retour de Paris peu de jours au parauant,
et sur son raport les articles qui auoient donné lieu aux
contesta[ti]ons auroient eté corrigéz (fol. 30) par led[it]
Salomon mais que led[it] Thertadée ayant asseuré et
soustenu de nouueau que les erreurs inseréz dans led[it]
breuiaire n'etoient pas entierem[en]t corrigéz, led[it]
herabied auroit de rechef procedé par ordre dud[it] sieur
de Baussei a la verifica[ti]on et correction dud[it] breuiaire, que cependant led[it] sieur de Baussei accompagné
du promoteur d'office et dud[it] herabied se seroient
transportéz en conseq[uen]ce d'une ordonnance de
M. l'Euesque de cette ville de Marseille en la maison
dud[it] Salomon pour y faire une exacte visite des liures

---

copatus, cujus Episcopus Dominus Uskan anno 1670, qui haec mihi dic-
tavit », et par sa signature (*ibidem*), p. 229) : « Subscripsi Uscanus episcopus Uscavanch et Vardapiet, ac Vicarius generalis in Armenia, sigil
lumque apposui ».

(1) Cf. *infra*, p. 56, n. 1.

quil imprimoit et voir s'il n'y en auroit point quelqu'un
contraire a la R. C. A. et R. dans laqu[e]lle recherche ils
auroient trouué quelques feüilles contenant diuerses
erreurs suiuant l'interpreta[ti]on et verifica[ti]on qui en
fut faite, lesquelles led[it] Salomon soutins pour lors etre
simples feüilles volantes inutiles, et le reste de quelques
liures qu'il auoit imprimez dans la ville d'Amsterdam
auant son etablissement en celle de Marseille, en suite
dequoy les contesta[ti]ons concernants la correction du[dit]
breuiaire armenien continuant entre lesd[its] Salomon et
Therthadée (*sic*) (1) donnerent lieu a diuers incidens sur
lesquels interuint plusieurs arrest jusque en l'année 1679
que led[it] herabied commis par lad[ite] cour de parlement pour la verifica[ti]on dud[it] breuiaire la finit entie-
rement, que la qualité de missionnaire apostolique donnée
aud[it] herabied par le decret de la congrega[ti]on de
propaganda, n'a été par luy approuuée ny tollerée, et
qu'il n'a jamais employé led[it] herabied que pour seruir
d'interprette dans les verifica[ti]ons ordonnées par les
arrest du parlement qui sont anterieurs aud[it] decret,
duquel led[it] herabied na fait aucun usage, et qui pro-
bablem[en]t luy a eté enuoyé pour donner lieu a la subsistance qu'il tire annuellement de la congrega[ti]on, qu'a
l'egard des abiura[ti]ons que font en cette ville les (fol. 31)
Armeniens schismatiques, elles sont ordinairem[en]t
receus par les Superieurs des missionnaires en vertu du
pouuoir quil luy ont donné, dans lesquels led[it] herabied

---

(1) L'orthographe de ce nom, dans notre ms., est très fantaisiste ; il se
rencontre fréquemment dans l'onomastique arménienne et est composé
de l'arménien *tēr* (= seigneur, monsieur) et Thadeos (= Θαδδαῖος) qui lui-
même recouvre la forme du syriaque *Addai*. Cf. H. Hübschmann, *Arme-
nische Grammatik*, Leipzig, 1897, I, p. 289, *s. v.* Adē.

assiste tres souuent co[mm]e tesmoin ou co[mm]e interprette, et que pour celles faites aux mains dud[it] herabied ainsy quil est ariue quelquefois, il ne les a receües
quen vertu du pouuoir dud[it] sieur de Baussei, ainsy
quil est justifié par diuers actes tiréz du greffe de l'euesché
que led[it] sieur de Baussei nous a representées et par
lesquels il paroit que led[it] herabied n'a pas agy en
vertu dud[it] decret portant commission sur laq[ue]lle
led[it] sieur grand vicaire auroit encore dit que led[it]
herabied n'a pas eu l'annexe qui se prend ordinairem[en]t
au parlem[en]t de cette prouince pour l'execution de
pareils decrets et autres lettres de cour de Rome, que du
reste, il ne luy a eté porté aucunes plaintes contre ses
meurs, ny contre sa conduitte, que sa foy luy a toujours
paru tres orthodoxe et qu'il y auroit lieu de luy imputer
plutost un zele peut etre un peu indiscret. que les erreurs
dont veut l'accuser dont acte.

Surquoy nous aurions ordonné que led[it] herabied
comparoistroit de nouueau en notre hostel le p[remi]er
du mois de mars prochain et quil nous raporteroit les
decrets et autres pieces dont il entend se seruir au suiet
de la contestation d'entre luy et led[it] Salomon auquel
jour eslu nous aurions chargé Mre Pierre Bernard notre
secretaire de faire aduertir lad[ite] Chaue de se rendre
paroillement pour etre entendüe sur les faits articulez
par led[it] Salomon, pour produire ses actes ou tesmoins
seruant a la justifica[ti]on des plaintes exposées a Sa M^té
contre led[it] herabied et auons signé.

Signé de Beausset et Morant.

Et led[it] jour premier du mois de mars 1683, en notre hostel sont comparus lesd[its] M^s Thomas herabied p[res]tre (fol. 32) et Mag^te Chaue femme dud[it] Salomon lequel led[it] M^re herabied nous auroit representé une lettre de Monsieur le Cardinal Altiery (1) avec un decret de la congrega[ti]on de propaganda fide lad[ite] lettre escrite en italien et dabtée du cinq feuburier 1682. Contenant que la congrega[ti]on informée de la necessité d'auoir un p[res]tre en cette ville, qui possedats non seulem[en]t la langue armenienne pour administrer les sacrem[en]ts aux fideles de sa nation que la franchise du port y attiroit en grand nombre, mais encor la langue turque pour assister les esclaves turcs qui sont sur les galeres de Sa M^té et scachant quil etoit instruit et dans l'une et dans l'autre l'adite congrega[ti]on luy auroit assigné une pension annuelle de 3 cents liures pendant le cours de trois années tant pour l'attacher aux affaires de cette mission que pour continuer son applica[ti]on a corriger les erreurs qui seront inserées dans l'impressiou des liures arméniens et le decret de lad[ite] congrega[ti]on donné a Rome le 25 du me[m]e mois portant que sur le raport de mon-

---

(1) « Le Pape Clément X eut encore un frère *Antoine* Altieri, qui étoit marié ; mais qui mourut sans enfans mâles : ce qui porta ce souverain pontife à adopter le cardinal Paluzzo-Paluzxi-Albertoni, Romain, qui prit le nom d'*Altieri*... évêque de Montefiascone le 2 mai 1666. Il passa de cet évêché à celui de Lodi, et fut fait archevêque de Ravenne, dont il reçut le *pallium* le 6 juillet 1670... Il fut encore déclaré en 1673 cardinal-patron et surintendant de tout l'état ecclésiastique. Il fut aussi depuis préfet de la congrégation *De propaganda fide*.... il opta l'évêché de Porto le 27 janvier 1698. Il mourut subitement à Rome la nuit du 29 juin suivant et fut enterré dans l'église de sainte Marie *in Campitello*, dans la belle et magnifique chapelle qu'il y avait fait bâtir ». Cf. Louis Moréri, *Le grand dictionnaire historique*... Paris, 1759, t. I, p. 421.

sieur le cardinal Nerly (1) la congrega[ti]on auroit nommé
missionnaire apostolique pendant 3 années pour la nation
armenienne dans le diocèse de Marseille Thomas herabied
p[res]tre seculier de cette nation luy donnant toute l'au-
torité necessaire pour s'employer en lad[ite] mission et
pour executer les decrets de lad[ite] congrega[ti]on, lesquelles lettres et decret led[it] herabied nous auroit dit ne
luy auoir eté envoyées que pour preuenir en cette ville
les abus qui étoient arivées à Livourne (2) lorsque les
Armeniens y auoient une église particuliere pour leur
nation, laquelle a été depuis fermée par ordre (fol. 33)
de lad[ite] congrega[ti]on avec defence a aucun p[res]tre
de cette nation d'y rester quil n'eut eté par elle aprouuée ;
que sur le raport qui luy a eté fait par quelques Armeniens ariuez de Paris depuis quelques jours que led[it]
Salomon les excite a demander a Sa M^té une église dans
cette ville de Marseille pour y prier a leur mode, il etoit
obligé de nous auertir de l'abus quils en feroient s'ils
n'auoient pas un p[res]tre zelé et fidele ayant reconnu il
y a cinq ou six mois pendant qu'un euesque d'Armenie,
qui a depuis passé en Espagne celebroit la messe en cette
ville que les Armeniens qui y assistoient faisoient indiffe-
remm[en]t des actes d'adora[ti]on auant et apres la con-
secration que depuis 7 ans quil est a Marseille il a veu
tres souuent des Armeniens tant schismatiques que cato-
liques dans les egliscs et que beaucoup ont fait profession
de foy et abiuré leurs erreurs. Avec lesquels il uit en

---

(1) Nerli (Francesco) le jeune ; cardinal en 1673 ; mort en 1708. Cf.
Moroni, *Dizionario di erudizione ecclesiastica...* Venezia... t. XLVII,
p. 252 et suiv.

(2) Sur la colonie arménienne établie à Livourne, cf. Chahan de Cirbied,
Notes... publ. par F. Macler, in *Anahit*, 1904.

parfaite union que le seul Salomon esperant un gain plus
considerable dans la vente des liures armeniens quils (*sic*)
imprimeroit conformes aux sentiments et aux opinions
des schismatiques s'il n'en etoit empesché par l'applica-
[ti]on continuelle qu'aporte led[it] herabied a les purger
des erreurs quil y glisseroit ses jours (*sic*) avec l'euesque
de Samiran. et quils employent tout leur credit pour le
faire chasser de cette ville sollicitant a cet effet par lettre
les Armeniens qui sont a Marseille de leur fournir des
pretextes ou moyen d'accusa[ti]on a l'encontre dud[it]
herabied lequel a souuent demandé pour preuenir les
abus qu'on s'eforce de commettre dans lad[ite] impression
armenienne que tous les caracteres en soient deposées
chez led[it] sieur de Baussei et qui soit doresnauant trauaillé publiquement a lad[ite] impression dont acte.

Signé herabied et Morant.

(fol. 34). Et par lad[ite] Chaue auroit eté dit que led[it]
sieur herabied auoit [tort] d'auancer quil y auoit des
erreurs dans les liures que led[it] Salomon auoit imprimez
puis que la correction luy en auoit eté confiée et nomme-
ment du breuiaire quil auoit aprouué, et dont il auoit
me[m]e vendu jusque a soixante exemplaires a luy données
pour la peine quil auoit eüe deles coriger que depuis la
mort du sieur Oscam (*sic*) archeuesque armenien led[it]
Salomon n'auoit fait qu'acheuer l'impression dud[it]
breuiaire commencé de l'ordre dud[it] archeuesque et
trauaillé a celle du psautier, qui n'etoit autre chose qu'une
partie de ce me[m]e breuiaire, que ce liure auoit neam-
moins donné lieu a t[ou]tes leurs contesta[ti]ons par les

oppositions que led[it] herabied fit d'abort a cette impression assurant led[it] sieur de Baussei quil etoit remply d'heresies ce qui lauoit obligé d'en ordonner la suspension la quelle dura 7 ou 8 mois, et qui ne cessa que par l'arrivée du pere Pidou religieux theatin (1) tres scauant dans la langue armenienne, et missionnaire pour la propaga[ti]on de la foy dans l'Armenie lequel ayant examiné ce liure declara quil n'y auoit rien qui ne fut ortodoxe et catholique que cette declara[ti]on remise audit sieur de Baussei n'empescha pas led[it] herabied de faire de nouvelles plaintes a Rome ou il ecriuit que ce que led[it] Salomon imprimoit etoit schismatique et me[m]e iniurieux a notre Saint pere le pape qu'ayant supposé la me[m]e chose aupres de M͏ʳ de Rouille (2) cy

---

(1) L'ordre des Théatins (clercs réguliers) fut établi à Rome en 1524 par Gaétan de Tiene et J.-P. Caraffa et avait pour but de réformer les mœurs du clergé, de prêcher, de visiter les malades et d'assister les condamnés ; ses membres devaient également réprimer l'hérésie et travailler dans les missions étrangères. Cet ordre fut introduit en France en 1644 par Mazarin et supprimé en 1790. — « Pidou de Saint-Olon (Louis Marie), diplomate français, né à Paris le 8 septembre 1637, mort à Ispahan le 20 novembre 1717 : Il fit profession chez les Théatins de Rome (1659). Il s'appliqua à bien connaître les langues orientales, surtout l'arménien. Le 30 septembre 1663, il fut chargé d'une mission apostolique en Pologne. Il eut à Léopol plusieurs entrevues avec des prélats de l'Eglise arménienne et les décida à reconnaître la suprématie des papes. Innocent XI, en juillet 1687, nomma Pidou évêque de Babylone ; vers la même époque le roi de France le chargea de représenter ses intérêts près la cour d'Ispahan. Pidou... remplit les fonctions de consul jusqu'à plus de quatre-vingts ans. On a de lui : *Version de la liturgie arménienne*, dans le t. III de l'*Explication littérale des cérémonies de la messe...* Paris 1726.— *Courte Relation de l'état de la mission apostolique aux Arméniens de Pologne, de Valachie* ; avril 1669. » — Cf. *Nouvelle biographie générale...* Didot frères... Paris, 1862, t. XL. *s. v.*

(2) Sur la famille de Rouillé, dont plusieurs membres furent intendants, et qui était originaire de la Bretagne, cf. *Nouvelle biographie générale...* Didot... Paris, 1863, t. 42. — Voici un extrait d'une lettre adressée par

deuant intendant en cette prouince il auroit a l'abort
suspendu lad[ite] impression quil permist quelque temps

Colbert à Rouillé, relative à l'imprimerie arménienne de Marseille, et que
je crois utile de reproduire ici : « Colbert à Rouillé. Saint Germain, le 22
février 1680. Je feray examiner le livre arménien que vous m'avez envoyé ;
mais il me semble que vous auriez pu attendre les ordres du roy pour
faire défenses de rien imprimer, parce que dans ces sortes d'establisse-
ments, il n'est pas bon, sous prétexte d'un abus, de les oster, n'y ayant
aucun establissement de quelque nature que ce soit qui ne soit suscep-
tible de beaucoup d'abus ; mais il seroit nécessaire de s'appliquer à en
retrancher les abus, et à rendre cet establissement utile, estant certain
que ces impressions arméniennes ont un très grand cours en Levant, et
que si une fois cette imprimerie estoit establie à Marseille dans l'ordre
qu'elle doit estre, elle seroit utile à cette ville-là, non seulement pour les
impressions, mais mesmes parce qu'elle y attireroit des Arméniens qui
pourroient estre utiles aux autres commerces, et pour cela il auroit esté
seulement nécessaire d'avoir un bon et fidel interprète, n'ayant pas
grande confiance au prestre Herabied, qui est un homme que l'on voit
estre agité d'une grande et violente passion... ». — Les éditeurs de cette
lettre ont ajouté la note suivante : « Dix ans auparavant, un archevêque
arménien avait obtenu un privilège pour une imprimerie à Marseille,
comme on voit par une lettre qu'il écrivit, en janvier 1670, à Colbert, et
que voici : « Msgr, apprès les très humbles remerciemens que fait à V. G.
Uskan Vartabiet, archevesque arménien, pour les lettres patentes qu'il
vous a pleu faire expédier touchant l'établissement d'une imprimerie en
langue arménienne à Marseille, il prend la liberté de vous remonstrer que
les grandes despenses qu'il a fait en Hollande à faire travailler les
matrices, poinçons et autres instruments concernant ladite imprimerie,
ont espuisé tout le fonds qu'il avoit de Perse, si bien qu'étant présente-
ments aux emprunts, il ne pourroit continuer son dessein, s'il n'avoit
recours à une somme d'envirron 500 escus qui lui appartiennent, et qui
sont au commerce de Marseille sous le nom de Meltchion Nazar, mar-
chand arménien, et que MM. du commerce font difficulté de luy payer
présentement, sans quoy néantmoins, il ne peut eslever son imprimerie.
Ce que considéré, Msgr, il vous plaise accorder au suppliant une lettre de
recommandation à MM. du commerce de Marseille, à ce qu'ils luy payent
au plus tost ladite somme de 500 escus pour travailler à l'exécution de
son dessein ; et par augmentation de grâce, il requiert de V. G. que s'il se
trouve à Marseille quelque maison non occupée appartenant au roy, il
vous plaise d'en faire gratiffier pour quelque temps affin d'establir avec
avantage ladite imprimerie, laquelle il espère de voir estre honorable à

apres de continuer, que si dans les psaumes il y a des
heresies, il faudroit pareillement quelles fusent dans le
breuiaire, dont le psautier a eté tiré que neammoint il la
premierement aprouué et me[m]e debité plusieurs (fol. 35)
exemplaires, mais que la persecution dud[it] herabied ne
prouient que du refus que luy a fait led[it] Salomon
d'imprimer les erreurs et les schismes dont il temoigne
etre sy fort enemy. L'ayant menassé de ne luy donner ny
paix ni repos quil neust consenti a ses desseins. Qua
l'egard des liures schismatiques que led[it] herabied
presupose auoir eté imprimez secrettem[en]t lad[ite]
Chaue n'aprehende pas quil puisse se iustifier puisque
les placars quil a fait mettre aux coins des rues, et les
vaines recherches quil a faites dans sa maison et dans des
batiments qui partoient pour le leuant n'ont serui qu'a
faire connoistre son innocense et le procedé injuste dud[it]
herabied a la discretion duquel elle n'auoit pas voulu
veritablem[en]t laisser ses caracteres de peur quil ne les
suprimast entierem[en]t. Que sy ce quil auance de l'impression de ces liures etoit veritable il seroit aisé de le
justifier par la representa[ti]on de quelques uns lesquels
etoient fais pour le public, et n'auroient pas manqué dy
etre distribuées, Mais que ny ayant eu que le breuiaire
et le psautier d'imprimés il ne luy est pas possible de
iustifier les suppositions qui uont à destruire l'impression dud[it] Salomon enquoy l'Eglise catholique respandue
dans toute l'Armenie receuroit un extreme prejudice par
la priva[ti]on de quantité de liures dont elle est secourüe

S. M., utile pour l'augmentation des langues orientales, et profitable au
commerce ». Cf. *Correspondance administrative sous le règne de Louis
XIV entre le cabinet du roi .. et les intendants... recueillie et mise en
ordre* par G. B. Depping... Paris, 1855, t. IV, p. 600-601, lettre n° 53.

et que le Commerce en soufriroit egalem[en]t par le
trafic qui s'en fait en Orient, dont le produit monte
toutes les annécs a plus de 20^m (1) escus et co[mm]e
Sa M^{té} ne ueut pas qu'il soit interrompu ainsy quelle a
eu agreable de le marquer par lesd[ites] lettres de cachet
a nous remises elle nous auroit requis de faire cesser tous
ces troubles, et de defendre aud[it] herabied d'apporter
aucun empeschement a l'impression quelle desire faire
des oraisons de Ste Brigide (2) et de celle de St Augustin
approuuées par des docteurs de Sorbone et dont la traduction armenienne a eté veüe et approuuée pareillem[en]t
par le pere Justinien capucin (5) missionnaire qui possede

---

(1) 20000.

(2) Il s'agit ici, non pas de Ste Brigide la patronne de l'Irlande, morte
en 525, mais bien de la suédoise Ste Brigitte, fille du prince suédois Birger,
née en 1302, épouse d'Ulf-Gudmarson, dont elle eut huit enfants. Devenue
veuve, elle fonda l'abbaye de Wadstena (1363) et y créa l'ordre du Saint-
Sauveur, qui suivait la règle de Saint Augustin. Elle se rendit à Jérusalem, visita les lieux saints et vint mourir à Rome en 1373. On a d'elle des
Révélations, rédigées par le moine Pierre, prieur d'Alvastra et imprimées
à Rome en 1455. Plusieurs *Oraisons* de Sainte Brigitte ont été publiées
avec celle de Saint Augustin (*Orationes sanctae Brigittae cum oratione
Sancti Augustini*)... Cf. *Catalogue général des livres imprimés de la
Bibliothèque Nationale... s. v.* Brigitte.

(3) Le P. Justinien de Tours. Cf. *Bibliotheca scriptorum ordinis mino-
rum S. Francisci Capucinorum a Fr. Dionysio Genuense ejusdem
ordinis professore contexta. In hac secunda editione accuratius coor-
dinata et ultra Ducentorum Scriptorum elucubrationibus locupleta
et aucta. Accedit Catalogus omnium Prouinciarum, conuentuum,
missionum ac religiosorum, qui sunt in unaquaque Prouincia prout
numerabantur in Capitulo Generali 1685...* Genuae, 1691. In-fol., p. 212 :
« Iustinianus Turonensis, Gallus, Prouinciae Turoniae filius ; uir a doc-
trina, ac rebus arduis peragendis satis commendatus ; sed apostolica in
primis charitate clarus, qua per totum uiginti annorum spatium sub
Missionarii Apostolici titulo inter populos Palestinae, Syriae, Armeniae,
et Graeciae animarum saluti incubuit, et plurimos à densissimis infideli-
tatis, ac errorum tenebris ad fidei Christianae et catholicae lumen
adduxit. Scripsit idiomatis latino, arabico et armeno ; *librum controuer-*

parfaitem[en]t cette langue. comme aussy de la faire jouir (fol. 36) du priuilege quil a plu a sa M^te d'accorder pour lad[ite] impression dont elle nous raporte a cet effet l'original en parchemin deument scellé en datte du xj (1) d'aoust 1669. portant que sur la demande qui auroit eté faite a Sa M^te par le sieur Oscham de vertabis (2) archeuesque armenien procureur delegué du grand patriarche d'Armenie sous la domina[ti]on du Roy de Perse (3) quil luy fut permis d'etablir en la ville de Marseille, de Lion ou autre quil aduiseroit une imprimerie de liures en langue armenienne. Sa M^te luy auroit permis led[it] etablissem[en]t en cette ville ou autre quil trouueroit plus propre et plus commode pendant l'espace de 20. années pourueu toutefois que dans lesd[its] liures il n'y eut rien de contraire a la doctrine et croyance de la R. C. A. et R. auec deffenses a tout autre imprimeur d'imprimer, faire imprimer, contrefaire ou imiter lad[ite] impression a peine de confiscation et de 3000^lb (4) d'amende pour le temps et espace de 20 années de la representa[ti]on duquel priuilege ensemble du dire de lad[ite] Chaue nous luy auons donné acte.

Signé Marg. Chaue, Morant.

---

siarum pro cōuincendis infidelibus et schismaticis... Catechismum... Teatro della Turchia, dove si rappresentano i disordini di essa, il genio, la naturalezza e i costumi di 14 nationi che l'habitano... 1681... »

(1) 11.
(2) Cf. *infrà*, p. 68, n. 2.
(3) Soliman II, 1666-1694.
(4) Livres.

Et le 6 jour du mois de mars aud[it] an 1683. sont
pareillem[en]t comparus led[it] Thomas herabied p[res]tre
lad[ite] Chaue et les nommés (1)
accompagnés de quelques autres Armeniens auxquels
ayant donné a entendre ce qui est porté par la lettre de
cachet de Sa M^{té} dud[it] jour 5e feburier dernier led[it]
denozard (2) nous auroit dit en langue italienne que
lesd[its] Armeniens s'etoient rendus en notre hostel a la
requisition et priere delad[ite] Chaue pour nous donner
tesmoignage que led[it] herabied a refusé plusieurs fois
de les entendre en confession aucun d'entre eux ayant
passé plusieurs années sans auoir peu par cette raison
participer aux sacrem[en]ts. Surquoy apres auoir fait
connoistre aud[it] herabied les plaintes desd[its] particuliers armeniens il nous a paru apres diuerses contesta-
[ti]ons et repliques de part et d'autre (fol. 37) a ce suiet
que la raison qui a empesche la plus part de ces Armeniens de se confesser dud[it] herabied et qui les oblige a
demander un autre p[res]tre est qui (*sic*) les traites (*sic*)
d'heretiques et schismatiques dans les attesta[ti]ons de
leurs abiura[ti]ons ce que lesd[its] Armeniens ne peuvent
soufrir comme etant un outrage a leur nation, et qui leur
fait une peine et une honte extreme lorsquils sont dere-
tour en leur pays. Adioutant led[it] denazard que lesieur
Piquet euesque de Cesaropte, dont le zele et la pieté sont
parfaitem[en]t connus en usoit tout autrem[en]t lors des
abiurations faites en ses mains par les Armeniens ainsy

---

(1) La fin de la ligne en blanc.

(2) L'orthographe de ce mot est flottante dans notre texte, qui écrit
tantôt denozard, tantôt denazard. La graphie exacte semble être Nazar,
d'après la lettre adressée par Oskan à Colbert, publiée par G. B. Depping.
Cf. *supra*, p. 62, n. 2 de la p. précédente.

quil appert par l'acte quil en donna au nommé Sciruan
d'Anbotius (?) quil receut a faire sa profession de foy en
lad[ite] ville de Marseille en lannée 1628. dans lequel la
qualité d'heretique et schismatique n'est nullem[en]t
enoncée ainsy quil appert par l'original dud[it] acte que
led[it] Denazard nous auroit remis. Nayant au surplus
led[it] Denazard non plus que les autres Armeniens, com-
parans rien a raporter audit herabied sur la conduite ny
a l'accuser d'aucun dereglement dans sa vie ny dans ses
meurs aquoy led[it] herabied auroit reparty que c'etoit
au grand vicaire a regler la forme des actes de l'abiura-
[ti]on et que de sa part etant necessaire auant que
d'admettre aucun Armenien a la confession et a la parti-
cipa[ti]on des sacrements de l'Eglise C. A. de scauoir s'il
en faisoit effectiuem[en]t profession. Il ne feroit aucunes
difficultéz de les y receuoir sur l'ordre ou le certificat
dud[it] sieur grand vicaire, desquels nous auons pareillement donné acte ensemble de la representa[ti]on de deux
volumes ou liures impriméz en langue armenienne. L'un
in quarto que lad[ite] Chaue nous a dit etre le breuiaire
armenien l'autre in douze qui est le psautier desquels il
a eté parlé cy dessus.

Signé Marguerite Chaue, Thomas herabied
Melchion (1) Denazard.

(*fol. 38*) Et pour satisfaire aux ordres portez par
lesd[ites] lettres de cachet de Sa M[té] et luy donner notre
aduis sur les faits y contenus nous estimons pour ne
repeter point icy ce qui est expliqué au present procez
verbal de diuerses contesta[ti]ons cy deuant forméz au

---

(1) Cf. *supra*, p. 62, note.

suiet de l'impression des liures armeniens, qua l'égart de
cette impression l'establissem[en]t qui en a eté fait en la
ville de Marseille suiuant le priuilege qui en a eté accordé
au sieur Ostan (1) (*sic*) de vertabis (2) archeuesque armenien en l'année 1669. ne peut qu'etre aduantageux au
bien du commerce non pas tant peut etre par les sommes
qu'on presupose que le debit de ces liures doit produire
puisquelles seroient toujours bien moins considerables
que ce quon en dit, et que d'ailleurs le benefice en revient
seulem[en]t a quelques par[ticuli]ers etrangers que par la
liaison qui s'etablit de plus en plus par ce moyen auec
les marchands armeniens que la franchise du port attire
chaque jour en la ville pour y debiter leurs soyes et les
autres marchandises qui composent le negoce le plus
precieux et le plus riche du leuant. qu'ainsy il est necessaire de preuenir tous les obstacles qui peuuent aporter
du trouble a cet etablissem[en]t. que nous auons remar-
qué une si grande animosité entre lad[ite] Chaue et led[it]
herabied toutes les fois quils auuoient comparus par
de[uant] nous que nous jugeons le ministere de ce dernier
moins propre a l'augmenter qu'a le destruire et quil
seroit plus a propos de nommer quelqu'autre interprete
dont le choix me[m]e pouroit etre deferé sans aucun

---

(1) Déformation orthographique d'Oskan.

(2) Cette expression ne signifie rien, ni en français, ni en arménien. On
sait qu'Oskan était *vardapet* (= docteur en théologie ?) ; ce mot s'ortho-
graphie tantôt vardapet, vartabed, vartapiet, etc. Le scribe, écrivant
sous la dictée et entendant le vocable vartabiet qu'il ne connaissait pas,
en aura fait l'expression *de vertabis*. La chose est d'autant plus vraisem-
blable qu'on a également la transcription *Vartabit* = vardapet ; cf. Sam.
Giamil, *Genuinae relationes inter sedem apostolicam et Assyriorum....
ecclesiam...* Roma, 1902, p. 318, *s. v.* Mardirus Vartabit ; *ibidem*, p. 360,
s. v. Abramo Urtabit.

inconuenient aud[it] Salomon pourueu quil soit aproué
(*sic*) par M. l'euesque de Marseille ou son grand vicaire
et assez instruit dans la langue armenienne et latine ou
francoise quon peut juger facilem[en]t de l'exactitude et
de la fidelité (fol. 59) de ses interpreta[ti]ons a quoy nous
estimons qu'un interprete d'une autre nation seroit plus
propre co[mm]e deuant moins etre soupçonné du schisme
qui sépare les Armeniens de l'Eglise R. et en ce qui peut
être des plaintes qui regardent personnellem[en]t led[it]
herabied elles nous paroissent suffisam[en]t detruites
par le temoignage fauorable que rend led[it] sieur grand
vicaire de sa conduite et par l'adueu que fait led[it]
Denozard de n'auoir a luy imputer aucun dereglem[en]t
dans les meurs et co[mm]e le refus dud[it] herabied
d'entendre quelques Armeniens en confession nous a paru
fondé sur des raisons qui ne doiuent etre ny agitées ny
decidées que dans le confessionnal, co[mm]e etant t[ou]tes
des raisons qui regardent l'etat de la conscience des peni-
tens qui se sont presentez a luy. Nous estimons quelles
ont eté employéz malapropos dans les plaintes portez a
Sa M[té] pour rendre led[it] herabied suspect et odieux
lequel d'ailleurs ne faisant aucune fonction d'inquisiteur
a Marseille, ainsy quon l'en accusoit par les me[m]es
plaintes cette qualité ne luy etant pas donnée dans le bref
de la congrega[ti]on de propaganda, dont il ne paroist
pas qui (*sic*) se soit jamais serui, et qu'en cet etat n'ayant
point eté presenté au parlem[en]t ny a l'euesque dioce-
zain (1) doit simplem[en]t etre regardé c[omm]e un
pretexte de la pension de 300# (2) que lad[ite] congrega-

---

(1) Ms. : docezain.
(2) 300 livres.

[ti]on a bien voulu accorder a ce p[res]tre tres catholique
pour ayder a sa subsistance nous n'estimons pas quil y
ayt rien de contraire au seruice de Sa M^té ny aux priuileges de ce royaume et libertéz de l'eglise gallicane dans
la residence dud[it] herabied dans Marseille, qu'aucon-
traire il s'employoit re[e]llem[en]t pour la conuersion des
Turcs esclaues sur les galeres de Sa M^té ou pour entendre
les confessions de ceux qui se sont cy deuant conuertis,
et quil sufira de luy ordonner de se contenir dans les
seules fonctions pour lesquelles il sera approuué ou choisy
par l'euesque ou son grand vicaire sans se mettre de
l'impression des liures armeniens, laquelle ausurplus
led[it] Salomon de Leon ne pourra faire qu'en public aux
termes portez par le priuilege de l'année 1669. fait a
Mar[seill]e led[it] jour et an que dessus.

Signé Morant.

Fol. 23. v°. A Monsr Morant Con[seill]er en mes con-
[s]els, M[aître] des Req[ué]tes, ord[inai]re de mon hostel,
Intendant de Justice, police et finances en Prouence. Et
commandant pour mon seruice aud[it] Pays.

Monsr Morant. Le partriarche d'Armenie (1) m'a fait

---

(1) Le patriarche qui présidait à cette époque aux destinées de l'église
arménienne était Eléazar qui fut patriarche des Arméniens à Constantinople en 1650, patriarche des Arméniens à Jérusalem en 1664. Chassé
en 1665, il fut rétabli l'année suivante; chassé encore en 1667, il fut
rétabli de nouveau en 1670. Il fut patriarche d'Etchmiadzin jusqu'en 1691.
(Saint Martin, *Mémoires sur l'Arménie*, I, p. 445.) La Bibliothèque nationale possède un très beau ms. arménien qui a appartenu à ce patriarche.
Cf. F. Macler, *Note sur quelques manuscrits arméniens avec reliure à
inscription...* Paris 1905, p. 6. — Idem, *Catalogue des manuscrits arméniens et géorgiens de la Bibliothèque nationale....* n° 18.

repondre par l'archeuesque de Samirand qu'encore que j'ays cy deuant accordé au nommé Salomond (*sic*) de Leon armenien le priuilege d'imprimer en ma ville de Marseille les liures en langue armenienne ainsi qu'il est porté par ma lettre de Concession, neantmoins *il y seroit troublé par le nommé herabicd prestre armenien sous diffe-rents pretextes* et co[mme] je veux bien auoir egard a la demande du dit patriarche et de toute la nation arme-nienne, je vous escris ceste le[tt]re pour uous dire que mon intention est que uous tenies la main a ce que ledit Salomond de Leon *jouisse de son priuilege* dans toute L'Etendüe quil doit auoir. Et qu'en cas de trouble ou empeschem[en]t uous me donnies uos auis *pour les faire cesser* et la presente n'estant a autre fin Je prie dieu qu'il uous ayt Mons' Morant en sa sainte garde. Escrit a Ver-sailles le 3ᵉ jour de janvier 1683.

Louis

Colbert.

Fol. 20. Correctiones officii diuini Armenorum corri-genda sunt haec.

In cantico ad matutinum ubi dicunt mane lucis sol iustitiae procesio a patre : debent addere et a filio et dicere ita procesio a patre, et a filio (1).

In oratione ubi dicunt pro omnibus sanctis et ortodoxis episcopis rogamus Dominum : hic debent (2) dicere et pro sancto papa domino nostro XI dominum rogamus :

---

(1) En marge, d'une autre main : *non est debitum.*
(2) En marge, d'une autre main : *non est debitum.*

Si patriarca et episcopus sit catholicus fiat commemoratio de illo in suo diocesi : si aute[m] sit (1) ereticus nulibi et nullomodo fiat commemoratio de illo :

Dum cantant trisagium non debent (2) dicere sanctus Deus, Sanctus fortis, Sanctus immortalis qui crucifixus es pro nobis miserere nostri : Sed hoc modo Sanctus Deus, Sanctus fortis, Sanctus immortalis miserere nostri :

In precibus ubi dicunt (3) pro pretiosa et honorabile cruce da nobis pacem : et ibid[em] non debent dicere pro sanctis martiribus (4), et sanctis pontificibus da nobis pacem. Sed dicere intercesione, et oratione sanctorum martirum, et pontificum da nobis pacem (5).

In introito officii ubi dicunt Dei genitricem innuptam, non debent ita dicere, sed dicere Dei genitrice[m] nesciente[m] virum (6).

Ubi dicunt Deum ininteligibilem. non debent ita dicere sed dicere incomprehensibile[m] (7).

In simbulo ubi dicunt credo in patre[m] omnia continente[m] et omnia circumscribente[m], non (8) ita debent dicere. Sed in patre[m] omnipotente[m]. et in eode[m] simbulo ubi dicunt natum a Deo patre unigenitum id est

------

(1) En marge, d'une autre main : *bene.*

(2) En marge, d'une autre main : *licet latinis : diebus hebdomadae sanctae.*

(3) En surcharge, au-dessus de pro pretiosa : *au sujet et en contemplation.*

(4) En surcharge, au-dessus de pro sanctis martiribus : *per li sancti martiri.*

(5) En marge, d'une autre main : *quod licet graecis licet armeniis.*

(6) En marge, d'une autre main : *quod licet augustino licet christiano.*

(7) En marge, d'une autre main : *debent dicere sed debent intelligere.*

(8) En marge, d'une autre main : *sic debent.*

ab esentia patris : non debent (1) dicere hoc modo. Sed natum a Deo patre unigenitum ante omnia secula : et in eodem simbulo non debent dicere (2) ipsum. ide[m] a natura patris : sed ipsumide[m] consubstantialem patris : et in eodem simbulo non debent dicere (3) anima sancta, qua accepit corpus, anima[m], et mente[m] : Sed debent dicere Spiritu sancto quo accepit corpus, animam et mentem : et in simbulo debent (4) dicere procesione[m] spiritus sancti a patre et a filio.

Fol. 20 v° (5). Sciendum est quod haec duo nomina nempe anima et spiritus (6) distinguntur inter se ab invicem (7) : quia anima significat illam incorpoream substantiam creatam, que habet naturaliter exigentiam uniri cum corpore, et est forma substantialis eius, qualis est anima rationalis. Sed spiritus significat illa[m] substantia[m] incorporea[m] increatam, vel creatam, que non habet naturaliter exigentia[m] uniri cum corpore, unde non potest fieri forma substantialis illius, qualis est tertia persona illa diuina a patre et a filio procedens, qui vocatur spiritus et non anima, quia non habet exigentia[m] naturalem uniri cum corpore : propter hoc nulibi et nunqua[m] debent dicere vel scribere anima[m] sed spiritum.

In Introito ubi dicunt Domine, qui posuisti ecclesia[m]

---

(1) En marge, d'une autre main : *debent quia ita dicunt*, pp. 318.

(2) En marge, d'une autre main : *bene*.

(3) En marge, d'une autre main : *debent*.

(4) En marge, d'une autre main : *debent*.

(5) En tête du feuillet, à gauche, ces deux mots arméniens, en arménien : hogi, ogi, en écriture notragir. *anima v. g. sensitiva, vegetativa*.

(6) En surcharge : *apud latinos est apud Armenos*.

(7) Au haut du fol. 20 v°, en marge : *haec sunt in lingua armenâ futilia et falsa*.

tua[m] supra petra[m] fidei, non debent hoc modo dicere, sed supra petra[m] per fidem.

Ubi dicunt conditor omnium rerum Deus, tu, qui es petra super petra[m] verbi edificasti ecclesiam : non debent hoc modo dicere : sed dicere supra petra[m] per verbum et non verbi.

Fol. 21. Responsa data contra correctiones officii Armenorum :

1. In cantico ubi dicunt Armeni Mane lucis, sol iustitie, qui procedis a patre : hoc verbum dicunt ad filium, et non ad spiritum sanctum. natiuitas verbi dicitur etia[m] procesio : hoc verbum est comune, potest dicere sancto spiritui, et potest dicere filio Dei patris : procedere non significat aliud, nisi exire : Christus in evangelio dicit exivi a patre, et veni in mundu[m] (1) : Si dicerent Armeni hoc verbum procedere spiritui sancto a patre et non dicere a filio. sed propter hoc non negant procesione[m] spiritus sancti a filio. q[ui]a multi sancti patres Armeni dixerunt procesione[m] sancti spiritus a patre et a filio.

2. In oratione quando Armeni rogant Deum pro salute anime patriarce, non peccant. q[ui]a Christus Dominus noster pro salute anima[rum] venit in mundu[m]. non veni, dicit, vocare iustos sed peccatores (2). ergo non

---

(1) Jean XVI, 28.
(2) Matthieu, IX, 13 ; Marc, II, 17 ; Luc. V, 32.

peccant Armeni rogando Deu[m] pro salute animarum episcopo[rum] et patriarce.

3. Quando Armeni cantant trisagiu[m] hoc est sanctus Deus, sanctus fortis, sanctus immortalis qui incarnatus es et crucifixus pro nobis. non dicunt ad trinitate[m] sed ad filium Dei. qui est Deus fortis et immortalis et crucifixus pro nobis.

4. Armeni quando dicunt beata[m] Virgine[m] innuptam. non negant quod beata virgo non fuit sponsa, et mulier sancti Joseph. alioquin negarent euangeliu[m]. Sed hoc verbum dicunt innupta, hoc est incorrupta et inviolata et inmaculata : et mansit semper virgo.

5. Quando Armeni dicunt Deum ininteligibile[m]. hoc est incomprehensibile[m], imperscrutabile[m]. Inteligibile[m] dicunt creaturis angelis et animabus : Creatore[m] vocant inteligente[m]. non inteligibile[m] ad distinguendu[m] creatorem a creaturis.

REQUÊTE

de Ovanès Oglou Kivork et Carabet frères (1).

<hr>

Argument. On sait le zèle de Louis XIV et de ses ministres pour se créer en Orient une clientèle parmi les chrétiens ; il en fut de même sous le règne de son successeur. La mission de Sevin et de Fourmont, qui avait avant tout un but archéologique et où l'achat de manuscrits grecs et orientaux occupait une large place, contribua au même titre que l'ambassade du marquis de Nointel, à donner aux Orientaux l'habitude de tourner leurs regards vers la France, d'où leur viendraient aide et protection. Ce protectorat était entendu dans un sens certainement très élastique de la part des Orientaux, témoin le document que je publie ci après : deux Angoriotes, faisant le commerce de fil de chèvre, perdent leur fortune.... le plus simple n'est-il pas de s'adresser directement au roi de France (alors Louis XVI) et de l'intéresser à leur mésaventure ? Ce qu'ils firent... Je n'ai pas eu la main assez heureuse pour retrouver la réponse qui leur fut faite et savoir si, d'aventure, M. de Sartine prit leur démarche en considération et régla la note de leur hôtel.

Fol. 8 [**29 juin 1778.** Mémoires et Placets du Levant.]

Traduction de la Requête Turque écrite en caractères arméniens à Monseigneur de Sartine (2) par Ovanès Oglou Kivork et Carabet, deux frères Angoriotes catholiques (3).

<hr>

(1) Codex paris. Supplément arménien 164, fol. 8 et 8 v°.
(2) Cf. *infra*, p. 80, n. 1.
(3) Le texte turc de cette supplique est au fol. 6 du même ms.

Très fortuné, Très illustre, et Très miséricordieux Seigneur Vizir de l'Empereur de France (1), Puissiez-vous être comblé des Bénédictions du Tout puissant !

Supplient très humblement les S. S. Kivork et Carabet (2) Votre Grandeur de jetter un œil de commisération sur l'exposé fidèle de leur triste situation. Malheureux depuis plusieurs années dans le commerce des fils de chèvre, que nous transportons d'Angora (3) a l'Echelle de Smirne, et surtout ruinés l'an passé par une vente plus desavantageuse encore de cinquante balles de cette marchandise, et de retour à Angora nous avons été forcés par la poursuite de nos créanciers Turcs, et par la persécution (4) que nos nationnaux ont suscitée contre les catho-

(1) Louis XVI.

(2) Ils appartiennent, selon toute vraisemblance, à la même famille que Karabet Manouc-Oglou, ancien banquier à Constantinople, né à Amasie le 20 mars 1755, qui après plusieurs revers de fortune à Constantinople, en Crimée et à Moscou, visita Berlin, Vienne, Hambourg, Londres, et arriva à Paris en 1823 où il établit un magasin de parfumeries d'Orient, qui fut détruit par un violent incendie ; il reçut des secours du roi de France, des princes et des princesses de la famille royale, de Mgr le duc d'Orléans, etc. Sur ce personnage, voir J. N. B. Duplantis, *Vie de Karabet Manouc-Oglou, Arménien..., du célèbre caïmacan Tahir-Pacha, et du redoutable visir Ali, pacha de Janina...* Paris 1828.

(3) Un Arménien, né à Angora, nommé Yasigy, marié à une Italienne, faisait partie de la colonie arménienne de Livourne, dont parle Chahan de Cirbied, *Notes sur les Arméniens d'Amsterdam et de Livourne*, publiées par F. Macler, in *Anahit*, 1904, p. 13.

(4) Cf. Eugène Boré, *Arménie* (*L'Univers ou Histoire et description de tous les peuples*), p. 52-56, qui donne des détails intéressants sur les querelles religieuses survenues au XVIIIe siècle entre Arméniens orthodoxes et Arméniens catholiques. Les persécutions dirigées contre les Angoriotes recommencèrent en 1828 et l'on vit les vieillards et les femmes réduits à brouter l'herbe des champs pour ne pas mourir de faim (Idem, *ibid*, p. 55). Ce triste état de choses prit fin, grâce à l'intervention de l'ambassadeur français, M. Guilleminot, qui ramena le calme dans les esprits, en rétablissant le commerce entre les négociants arméniens et l'Europe.

liques à abandonner notre patrie, et nos familles. nous portames à Smirne 3156 : livres de fils de chèvre, tristes débris de notre fortune ; nous y rencontrames le meme discrédit pour cette partie, et nous ne trouvames point d'autre ressource pour nous en défaire, que de l'Envoyer en hollande (1) aux sieurs Stépan et Vanmissian et Compagnie. en attendant la réponse de ces négocians hollandais, nous nous déterminames à passer en Egipte, où nous avions quelques anciennes créances à éxercer sur nos compatriotes établis au Caire. notre voyage fut infructueux, et nous ne pumes pas trouver nos débiteurs. il ne nous restoit plus d'autre espoir que dans la vente en hollande de nos fils de chèvre ; résolus de nous rendre sur les lieux pour en être témoins nous mesmes, nous cherchames vainement un vaisseau qui nous conduisît d'Aléxandrie en droiture à Amsterdam (2) ; nous primes

---

(1) C'est vers 1560 que des Arméniens vinrent s'établir à Amsterdam, pour y faire le commerce des perles, des diamants, etc. Cf. Chahan de Cirbied, *Notes sur les Arméniens d'Amsterdam et de Livourne*, publiées par F. Macler, in *Anahit*, 1904, p. 11-12. Sur l'imprimerie arménienne d'Amsterdam, qui fut en activité de 1660 à 1770, cf. idem. *ibidem*, p. 40-41 ; p. 42, on verra comment l'église arménienne de Hollande réussit à se soustraire à la tutelle hollandaise et à passer sous la juridiction de l'évêque arménien de Smyrne.

(2) Vers le milieu du XVIII° siècle, il y avait environ dix-huit familles arméniennes à Amsterdam. Vers 1800, un Arménien y exerçait le métier de graveur sur bois pour l'impression des indiennes. Cf. Chahan de Cirbied, *op. cit.*, in *Anahit*, 1904, p. 12-13. — Les relations commerciales des Arméniens avec l'Allemagne sont de date plus récente. En 1824, six négociants arméniens viennent pour la première fois à Leipzig et y achètent « pour six cent mille francs de produits des manufactures d'Europe ... En 1825, les marchandises achetées à Leipsick se sont élevées à la valeur d'un million deux cent mille francs, et suivant un article du journal de Francfort, en date du 20 juin 1826, on porte à la somme de sept cent mille thalers, ou deux millions huit cent mille francs, la valeur des achats

le parti de venir en France. à notre heureuse arrivée à Marseille, les frais de notre passage, ceux de la quarantaine eurent bientôt épuisé nos moyens. (fol. 8 v°) la Providence ne nous abandonna point dans cette extrémité. un Arménien, qui venoit à Paris, voulut bien se charger de nous y conduire, dans l'espérance que nous lui donnames que nous recevrions dans cette capitale quelques secours de hollande ; mais depuis quinze jours nous attendons vainement des lettres des sieurs Stépan et Vannissian, de sorte que nous nous trouvons devoir les frais de notre voyage jusqu'ici, ceux de notre séjour à Paris ; et nous nous voyons dans l'impuissance de nous rendre en hollande. nous vous supplions, Très miséricordieux Seigneur (1), de considérer avec bonté la position de deux pauvres Arméniens que le malheur a condamné à un long éxil, étrangers en Chretienté, et n'y ayant aucune ressource. nous voús conjurons au nom de Jésus-Christ de nous faire accorder quelque soulagement dans notre misère, de nous mettre à meme de payer ce que nous devons à notre généreux conducteur, et à l'hotel où nous logeons, et de continüer notre voyage jusqu'à Amsterdam. c'est une œuvre méritoire devant Dieu ; et nous ne cesserons jamais de prier le Tout puissant pour votre conservation personnelle, et pour la prospérité de Sa

---

faits à la dernière foire ». Cf. Eugène Boré, *Arménie*, p. 122, in *L'Univers, ou histoire et description de tous les peuples...* Paris, 1838.

(1) Antoine Raimond Jean Gualbert Gabriel de Sartine, Chevalier, Comte d'Alby, né à Barcelone le 13 juillet 1729 ; conseiller au Châtelet, 15 avril 1752 ; lieutenant criminel au Châtelet, 12 avril 1755 ; maître des requêtes en 1759 ; lieutenant général de police à la place de Bertin, 1er décembre 1759 ; conseiller d'Etat, 5 octobre 1767 ; secrétaire d'Etat à la Marine, 24 août 1774 ; ministre d'Etat en 1775 ; mort à Tarragone le 7 septembre 1801.

Majesté l'Empereur de France, Notre Auguste Protecteur
dans l'Orient. ainsi soit-il.

Signé Ovanès Oglou Kivork
et Carabet frères

rue du Chantié hotel du St Esprit.

Traduit par ordre de Monseigneur par moi secrétaire
interpréte du Roi pour les langues orientales. à Paris le
29 : juin 1778.

P. Ruffin (1).

-----

(1) Ruffin (Pierre-Jean-Marie), né à Salonique le 17 août 1742, mort a
Constantinople le 19 janvier 1824 ; étudia à Paris les langues orientales
sous la direction de Pétis de la Croix, de Cardonne et de Legrand ; fut
envoyé en 1770 à Constantinople comme interprète du roi ; en 1774, il fut
rappelé à Paris en qualité de secrétaire interprète du roi pour les langues
orientales dans les bureaux des affaires étrangères, fonction qu'il remplit
jusqu'en 1779. Pour plus de détails, voir *Nouvelle biographie générale*,
Paris 1866, t. 42, p. 866.

INDEX.

(Les noms géographiques sont en *italique*.)

TABLE DES FIGURES.

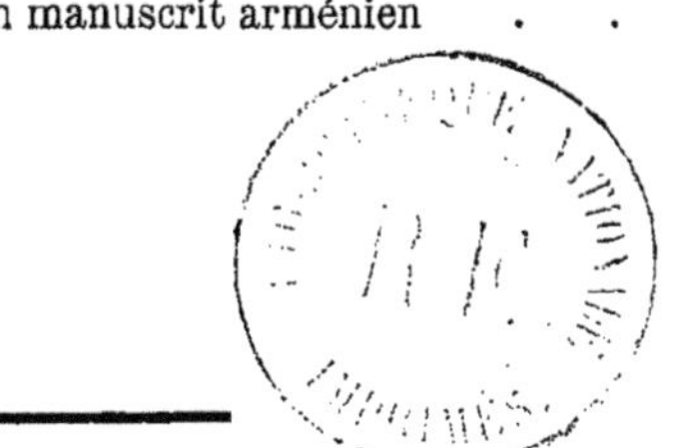

TABLE DES MATIÈRES.

QUELQUES PUBLICATIONS
DU
MÊME AUTEUR

— **Les Apocalypses apocryphes de Daniel.** Paris, Noblet, 1895.

— **Moïse de Khoren et les travaux d'Auguste Carrière.** Paris, Leroux, 1902.

— **Choix de fables arméniennes attribuées à Mkhithar Goch...** Paris, Leroux, 1902.

— **Histoire de saint Azazaïl,** texte syriaque inédit... précédée des Actes grecs de saint Pancrace... Paris, Bouillon, 1902.

— **Extraits de la chronique de Maribas Kaldoyo** (Mar Abas Katina [?])... Paris, Leroux, 1903.

— **Nouvelles,** par Marie Sevadjian. Traduites de l'arménien moderne... Paris, société d'édition nouvelle, 1903.

— **Histoire d'Héraclius,** par l'évêque Sebêos, traduite de l'arménien et annotée... Paris, Leroux, 1904.

— **L'apocalypse arabe de Daniel,** publiée, traduite et annotée... Paris, Leroux, 1904.

— **Correspondance épistolaire avec le ciel.** Lettres adressées par les Juifs d'Hébron et des environs aux patriarches, traduites de l'hébreu et annotées... Paris, 1905 (Revue des traditions populaires).

— **Note sur un nouveau manuscrit d'une chronique samaritaine...** Paris, 1905 (Revue des Études juives).

— **Note sur quelques manuscrits arméniens avec reliure à inscription...** Paris, 1905 (Revue Banasêr).

— **Contes arméniens,** traduits de l'arménien moderne... Paris, Leroux, 1905.

— **Pseudo-Sebêos,** texte arménien traduit et annoté... Paris, Leroux, 1905.

— **Histoire de Pharmani Asman,** traduite de l'arménien sur le manuscrit conservé à la Bibliothèque nationale... Paris, Geuthner, 1906 (Revue des traditions populaires).

— **L'inscription hébraïque du musée de Bourges...** Paris, 1906 (Revue des Etudes juives).

— **Catalogue des manuscrits arméniens et géorgiens de la Bibliothèque nationale...** Paris, Leroux (sous presse).

———

EN COLLABORATION
AVEC
René DUSSAUD

— **Voyage archéologique au Safâ et dans le Djebel ed-Drûz...** Paris, Leroux, 1901 (Prix extraordinaire Bordin, 1903. Académie des Inscriptions et Belles-Lettres).

— **Mission dans les régions désertiques de la Syrie moyenne...** Paris, Leroux, 1903.

———

www.ingramcontent.com/pod-product-compliance
Ingram Content Group UK Ltd.
Pitfield, Milton Keynes, MK11 3LW, UK
UKHW022322070726
13614UKWH00002B/894